北京大學《儒藏》編纂與研究中心 編

《儒藏》精華編選刊

詩本義

〔北宋〕歐陽脩 撰

劉心明 楊紀榮 校點

北京大學出版社
PEKING UNIVERSITY PRESS

圖書在版編目 (CIP) 數據

詩本義 / （北宋）歐陽脩撰；北京大學《儒藏》編纂與研究中心編 . —北京：北京大學出版社，2023.9
（《儒藏》精華編選刊）
ISBN 978-7-301-33916-9

Ⅰ . ①詩… Ⅱ . ①歐… ②北… Ⅲ . ①《詩經》– 詩歌研究 Ⅳ . ① I207.222

中國國家版本館 CIP 數據核字 (2023) 第 082847 號

書　　名	詩本義 SHI BENYI
著作責任者	（北宋）歐陽脩　撰 劉心明　楊紀榮　校點 北京大學《儒藏》編纂與研究中心　編
策劃統籌	馬辛民
責任編輯	王　應
標準書號	ISBN 978-7-301-33916-9
出版發行	北京大學出版社
地　　址	北京市海淀區成府路 205 號　100871
網　　址	http://www.pup.cn　　新浪微博：@ 北京大學出版社
電子郵箱	編輯部 dj@pup.cn　　總編室 zpup@pup.cn
電　　話	郵購部 010-62752015　發行部 010-62750672 編輯部 010-62756449
印 刷 者	三河市北燕印裝有限公司
經 銷 者	新華書店
	650 毫米 ×980 毫米　16 開本　12 印張　131 千字
	2023 年 9 月第 1 版　2024 年 3 月第 2 次印刷
定　　價	40.00 元

目録

卷第四

卷第五

校點説明

歐陽脩(一〇〇七——一〇七二)字永叔,號醉翁,晚年又號六一居士。北宋吉州廬陵(今江西吉安)人。自幼家貧,刻苦向學。後因得唐韓愈遺稿,遂立志研習古文。仁宗天聖八年(一〇三〇)進士。歷官館閣校勘、知諫院、知制誥,至參知政事。因正直敢言,與當政者多有牴牾,遂辭官致仕。歐陽脩於經史之學造詣很深,成就卓著。

《詩本義》一書,是歐陽脩在經學方面的代表作。書凡十五卷,自卷一至卷十二,選擇《詩經》中有代表性的各類詩作凡一百十四首,予以重點論析。每首詩之下,先以「論曰」標目,對毛傳、鄭箋以來的舊説論其是非得失;本着實事求是的態度,比較重視詩《序》的説法,於毛、鄭異於《序》説之處,尤其是鄭氏借讖緯符命之説箋釋詩義的地方,往往斥爲衍説、臆説。其下再以「本義曰」標目,闡述本人觀點。歐陽氏説詩,往往詩、史並重,在反復研讀、玩味各詩本文的基礎上,對於詩作的歷史時代、創作背景、寫作意圖一一進行考論,努力揭明每詩的「本義」所在。在詩義晦澀而又文獻不足的情況下,則儘量避免憑臆妄説,每每加以「闕其所未詳」結語,以待後論。因此,在所論及的一百多首詩中,有廿二首詩只有「論」而無「本義」。卷一三至卷一五，分别爲《一義解》、《取舍義》、《時世論》、《本末論》、《豳問》、《魯問》、《序問》、《詩解統序》、《二南爲正風解》、《周召分聖賢解》、《王國風解》、《十五國次解》、《定風雅頌解》、《十月之交解》、《魯頌解》、《商頌解》等篇，以專題研究的方式，討論了《詩經》各類詩作的分類原因、撰作時代以及詩《序》的問題。卷末附《鄭氏詩譜補亡》一篇，是歐陽氏根據《春秋》、《史記》等書中的有關資料對鄭玄的《詩譜》所作的訂補。總的來説，歐陽脩用新的學術眼光看待《詩經》一書，對詩《序》以及毛、鄭舊説，既給予充分的尊重，又敢於大胆懷疑，創發新意，不少論説與訓解都有可取之處。《詩本義》一書在《詩經》學史上具有重要的價值。

本書有南宋孝宗時刻本，是現存最早的版本。清康熙十九年（一六八〇）納蘭性德編刊《通志堂經解》，所收《詩本義》即以此本爲底本。此次校點，以一九三五年商務印書館《四部叢刊三編》所影印的南宋刻本（有張元濟跋）爲底本。《通志堂經解》本（校記中簡稱「通志堂本」）出自南宋本，且對此本有所校訂，則用作校本。兩本互異時，酌用文淵閣《四庫全書》本爲參校之本。通志堂本對南宋本的校改，擇善吸收，並在校記中説明。凡通志堂本以臆擅改之處，則摒棄不録，不再出校。底本中明顯的誤字，如「兔罝」誤作「兔置」、「未」誤作「末」、「去」誤作「云」之類，則逕改不出校。本書卷後所附《詩譜》，底本及文淵閣

《四庫全書》本格式較亂，不便研讀，故借鑒摛藻堂《四庫全書薈要》，以表格方式排列，譜中文字仍從底本，并適當採用《薈要》本的校勘成果。底本卷二《騶虞》篇脱前半部分，通志堂本、文淵閣《四庫全書》本也都如此，今暫仍其舊。原書本無目録，只有篇名，現據篇名編製總目置於書前，以方便讀者。

校點者　劉心明　楊紀榮

詩本義卷第一

關雎

論曰：爲《關雎》之説者，既差其時世，至於大義，亦已失之。蓋《關雎》之作，本以雎鳩比后妃之德，故上言雎鳩在河洲之上，關關然雄雌和鳴，下言淑女以配君子，以述文王、太姒爲好匹，如雎鳩雄雌之和諧爾。毛、鄭則不然，謂詩所斥淑女者，非太姒也。是太姒有不妬忌之行，而幽閨深宫之善女，皆得進御於文王。所謂淑女者，是三夫人、九嬪御以下衆宫人爾。然則上言雎鳩，方取物以爲比興，而下言淑女，自是三夫人、九嬪御以下，則終篇更無一語以及太姒，且《關雎》本謂文王、太姒，而終篇無一語及之，此豈近於人情？古之人簡質，不如是之迂也。先儒辯雎鳩者甚衆，皆不離於水鳥，惟毛公得之，曰：「鳥摯而有別。」謂水上之鳥，捕魚而食，鳥之猛摯者也。而鄭氏轉釋「摯」爲「至」，謂雌雄情意至者，非也。鳥獸雌雄皆有情意，孰知雎鳩之情獨至也哉？或曰：詩人本述后妃淑善之德，反以猛摯之物比之，豈不戾哉！對曰：不取其摯，取其別也。雎鳩之在河洲，聽其聲則和，視其居則有別，此詩人之所取也。孟子曰：「不以文害辭，不以辭害志。」鄭氏見詩有「荇菜」之文，遂以琴瑟鐘鼓爲祭時之樂，此孟子之所誚也。

本義曰：詩人見雎鳩雌雄在河洲之上，聽其聲則關關然和諧，視其居則常有別，有似淑女匹其君子，不淫其色，亦常有别而不黷也。淑女謂太姒，君子謂文王也。「參差荇菜，左右流之」者，言后妃采彼荇菜，以供祭祀，以其有不妬忌之行，左右樂助其事，故曰「左右流之」也。流，求也。此淑女與左右之人，常勤其職，至日夜寢起不忘其事，故曰「寤寐求之」、「輾轉反側」之類是也。后妃進不淫其色以專君，退與左右勤其職事，能如此，則宜有琴瑟鐘鼓，以友樂之而不厭也。此詩人愛之之辭也。《關雎》，周衰之作也。大史公曰：「周道缺而《關雎》作。」蓋思古以刺今之詩也。謂此淑女配於君子，不淫其色，而能與其左右勤其職事，則可以琴瑟鐘鼓友樂之爾。皆所以刺時之不然。先勤其職而後樂，故曰「《關雎》樂而不淫」。其思古以刺今，而言不迫切，故曰「哀而不傷」。

葛覃

論曰：《葛覃》之首章，毛傳爲得而鄭箋失之。葛以爲絺綌爾，據其下章可驗，安有取喻女之長大哉？黄鳥，栗留也。麥黄椹熟栗留鳴，蓋知時之鳥也。詩人引之以志夏時，草木盛，葛欲成，而女功之事將作爾。豈有喻女有才美之聲遠聞哉？如鄭之説，則與下章意不相屬，可謂衍説也。卒章之義，毛、鄭皆通，而鄭説爲長。

本義曰：詩人言后妃爲女時，勤於女事，見葛生引蔓于中谷，其葉萋萋然茂盛。葛常生於叢木之間，故又仰見叢木之上，黄鳥之聲喈喈然，知此黄鳥之鳴乃盛夏之時，草木方茂，葛將成就而可采。因時感事，樂女功之將作，故其次章遂言葛以成，就刈濩而爲絺綌也。其卒章之義，毛、鄭之説是矣。

卷　耳

論曰：《卷耳》之義，失之久矣。云卷耳易得，頃筐易盈而不盈者，以其心之憂思在於求賢，而不在於采卷耳。此荀卿子之説也。婦人無外事，求賢審官，非后妃之職也。臣下出使，歸而宴勞之，此庸君之所能也。國君不能官人於列位，使后妃越職而深憂，至勞心而廢事，又不知臣下之勤勞，闕宴勞之常禮，重貽后妃之憂傷，如此，則文王之志荒矣。《序》言「知臣下之勤勞」，以詩三章考之，如毛、鄭之説，則文意乖離而不相屬。且首章方言后妃思欲君子求賢而置之列位，以其未能也，故憂思至深而忘其手有所采；二章、三章乃言君能以罍觥酌罰使臣，與之飲樂，則我不傷痛矣。前後之意頓殊如此，豈其本義哉？

本義曰：卷耳易得，頃筐，小器也，然采采而不能頓盈。后妃以采卷耳之不盈，而知求賢之難得，因物托意，諷其君子。以謂賢才難得，宜愛惜之，因其勤勞而宴犒之，酌以金罍，不爲過禮，但不可以長懷於飲樂爾，故曰「維以不永懷」。養愛臣下，慰其勞苦，而接以恩意，酒歡禮失，觥罰以爲樂，亦不爲過，而於義未傷，故曰「維以不永傷」也。所以宜然者，由賢者臣勤國事，勞苦之甚，如卒章之所陳也。詩人述后妃此意以爲言，以見周南君后皆賢，其宮中相語者如是而已。非有私謁之言也，蓋疾時之不然。

樛　木

論曰：毛傳《葛藟》，尤爲簡略。然以其簡，故未見其失。鄭箋所説，皆詩意本無，考於《序》文，亦不述。

雖詩之大義未甚失，然於説爲衍也。據《序》，止言后妃「能逮下而無嫉妬之心」爾。鄭謂「常以善言逮下而安之」，又云「衆妾上附事之，而禮儀俱盛」，又云「能以禮樂其君子，使福禄所安」，考詩及《序》，皆無此意。凡詩每章重復前語其甚多，❶乃詩人之常爾，豈獨於此二章見殷勤之意？故曰衍説也。

本義曰：詩人以樛木下其枝，使葛藟得託而並茂，如后妃不嫉妬，下其意以和衆妾，衆妾附之，而並進於君子。后不嫉妬，則妾無怨曠。云「樂只君子，福禄綏之」者，衆妾愛樂其君子之辭也。

螽斯

論曰：《螽斯》，大義甚明而易得，惟其《序》文顛倒，遂使毛、鄭從而解之，失也。蟄螽，蝗類微蟲爾，詩人安能知其心不妬忌？此尤不近人情者。蟄螽，多子之蟲也。大率蟲子皆多，詩人偶取其一，以爲比爾。所比者，但取其多子似螽斯也。據《序》，宜言不妬忌，則子孫衆多，如螽斯也。今其文倒，故毛、鄭遂謂螽斯有不妬忌之性者，失也。振振，群行貌。繩繩，齊一貌。蟄蟄，衆聚貌。皆謂子孫之多，而毛訓仁厚、戒慎、和集，皆非詩意，其大義則不遠，故不復云。

❶「其」，通志堂本無此字。

兔罝

論曰：兔罝，小人之賤事也。士有既賢且武，又有將帥之德，可任以國守，扞城其民；其謀慮深長，可以折衝禦難於未然；若鄰國有來相侵，則可使往而和好，以平其患；及國有出兵攻伐，則又可用爲策謀之臣。論其材智，可爲難得之臣也。有人如此，棄而不用，使在田野張罝椓杙，躬小人鄙賤之事，則周南國君，詩可以刺矣，亦何所美哉？如鄭箋所謂武夫者，論材較德，在周之盛，不過方叔、召虎、吉甫之徒，三數人而已。《春秋》所載諸侯之臣，號稱賢大夫者，亦不過國有三數人而已。今爲詩説者，泥於《序》文「莫不好德，賢人衆多」之語，因以謂周南之人，舉國皆賢，無復君子、小人之别，下至《兔罝》之人，皆負方叔、召虎、吉甫、春秋賢大夫之材德，則又近誣矣！就如其説，則舉國人人可用，《卷耳》后妃又安用輔佐君子，求賢審官至於憂勤者乎？肅肅，嚴整貌，而毛傳以爲「敬」，且布罝、椓杙，何容施敬？亦其失也。《春秋左氏傳》晉郤至爲楚子反言，天下有道，則諸侯有享宴，以布政成禮而息民，此公侯所以扞城其民也；及其亂也，諸侯貪冒，争尋常以盡民，則略其武夫以爲腹心。二者皆引「赳赳武夫」之詩以爲言，如郤至之説，則公侯扞城爲美，公侯腹心爲刺。是《兔罝》一篇，有美有刺，郤、左皆毛、鄭前人，其説如此，與今詩義絶。郤至所引纔詩四句，疑當時别自有詩，亦爲此語，故今不敢引據。第考今詩《序》文，以求詩義，亦可見矣。

本義曰：捕兔之人，布其網罟於道路林木之下，肅肅然嚴整，使兔不能越逸，以興周南之君，列其武夫，爲國守禦，赳赳然勇力，使姦民不得竊發爾。此武夫者，外可以扞城其民，内可以爲公侯好匹，其忠信又可倚以爲腹心。以見周南之君，好德樂善，得賢衆多，所任守禦之夫猶如此也。

漢廣

論曰：據《序》，但言「無思犯禮」者，而鄭箋謂「犯禮而往，正女將不至」，則是女皆正潔，男獨有犯禮之心焉。而《行露·序》亦云：「彊暴之男，不能侵陵正女。」如此，則文王之化，獨能使婦人女子知禮義，而不能化男子也。此甚不然。蓋當紂時，淫風大行，男女相奔犯者多。而江漢之國，被文王之化，男女不相侵，如詩所陳爾。夫政化之行，可使人顧禮義而不敢肆其欲，不能使人盡無情欲心也。紂時風俗，男女恣其情欲而相奔犯，今被文王之化，男子雖悦慕游女，而自顧禮法，不可得而止也。考詩三章，皆是男子見出游之女，悦其美色而不可得爾。若鄭箋則不然，其一章，乃云男欲犯禮而往；二章、三章，乃云欲擇尤正潔者使嫁我。則一篇之中，前後意殊。且《序》但云「無思犯禮」，本無欲女嫁我之義。蓋雖正女無不嫁之理，苟以禮求婚，安得不嫁？由鄭以「于歸」爲「嫁」，乃失之爾。

本義曰：南方之木高而不可息，漢上之女美而不可求，此一章之義明矣。其二章云薪刈其楚者，言衆薪錯雜，我欲刈其尤翹翹者；衆女雜遊，我欲得其尤美者。既知不可得，乃云之子既出遊而歸，我則願秣其馬。此悦慕之辭，猶古人言「雖爲執鞭，猶忻慕焉」者是也。既述此意矣，末乃陳其不可之辭，如漢廣而不可泳，江永而不可方爾。蓋極陳男女之情，雖可見而不可求。❶則見文王之政化，被人深矣。

汝墳

論曰：《序》言「婦人能閔其君子」，君子，謂周南之大夫以國事勤勞於外者。然則所謂婦人者，大夫之妻也。如鄭氏之説，伐薪非婦人之事，意謂此婦人不宜伐薪而令伐薪，如君子之賢，不宜處勤勞而令處勤勞。其意如此，乃是直謂周南大夫之妻自出伐薪爾。爲國者必有尊卑之别，大夫之妻自伐薪，雖古今不同，其必不然，理不待論。則鄭説之失，可知矣。矧賢者固當勤勞於國，而反謂非其事，則又違「勉之以正」之言也。鄭氏又以「王室如燬」、「父母孔邇」，謂紂爲酷暴，君子避此勤勞之事，或時得罪，則害及父母。不惟詩文本無此意，且君子所勤者，周南之事爾。紂雖虐刑，必不爲周誅避事之臣，兹理亦有所不通矣。

本義曰：周南大夫之妻，出見循汝水之墳以伐薪者，爲勞役之事，念己君子，以國事奔走于外者，其勤勞亦可知。思之欲見，如飢者之思食爾。其下章云「既見君子，不我遐棄」者，謂君子以事畢來歸，雖不我遠去，我亦不敢偷安其私。故卒章則復勉之云：魚勞則尾赤，今王室酷烈如火之將焚，紂雖如此，而周南父母之邦，自當宣力，勤其國事，以圖安爾。

❶「可見」，通志堂本作「有」。

麟之趾

論曰：孟子去《詩》世近，而最善言《詩》。推其所説詩義，與今《序》意多同，故後儒異説爲《詩》害者，常賴《序》文以爲證。然至於二《南》，其《序》多失，而《麟趾》、《騶虞》所失尤甚，特不可以爲信。疑此二篇之《序》，爲講師以己説汩之，不然安得謬論之如此也？據《詩》，直以國君有公子，如麟有趾爾，更無他義也。《關雎》、《麟趾》作非一人，作《麟趾》者，了無及《關雎》之意。故前儒爲毛、鄭學者自覺其非，乃爲曲説，云實無若《序》言「《關雎》之應」，乃是《關雎》化行，天下太平，有瑞麟出而爲應，不惟怪妄不經，且與詩意不類。《關麟應，太師編詩之時，假設此義，以謂《關雎》化成，宜有麟出，故借此《麟趾》之篇列於最後，使若化成而麟至爾。然則《序》之所述，乃非詩人作詩之本意，是太師編詩假設之義也。毛、鄭遂執《序》意以解詩，是以太師假設之義解詩人之本義，宜其失之遠也。如毛言「麟以足至」者，鄭謂「角端有肉，示有武而不用」者，尤爲衍説。此篇《序》既全乖，不可引據，但直考詩文，自可見其意。

本義曰：《周南》，風人美其國君之德化，及宗族同姓之親，皆有信厚之行，以輔衛其公室，如麟有足、有題、有角，以輔衛其身爾。其義止於此也。他獸亦有蹄、角，然亦不以爲比，而遠取麟者，何哉？麟，遠人之獸也，不害人物而希出，故以爲仁獸。所以詩人引之，以謂仁獸無鬭害之心，尚以蹄、角自衛，如我國君以仁德爲國，猶須公族相輔衛爾。

詩本義卷第二

鵲　巢

論曰：據詩，但言「維鳩居之」，而《序》言「德如鳲鳩，乃可以配」，鄭氏因謂鳲鳩有均一之德。以今物理考之，失自《序》始，而鄭氏又增之爾。且詩人本義，直謂鵲有成巢，鳩來居爾，初無配義。況鵲、鳩異巢，類不能作配也。鳩之種類最多，此居鵲巢之鳩，詩人直謂之鳩。❶以今鳩考之，詩人不謬，但《序》與箋、傳誤爾。且鳲鳩，《爾雅》謂之秸鞠，而諸家傳釋，或以爲布穀，或以爲戴勝。今之所謂布穀、戴勝者，與鳩絕異。惟今人直謂之鳩者，拙鳥也，不能作巢，多在屋瓦間或於樹上架構樹枝，初不成窠巢，便以生子，往往墜鷇殞雛而死。蓋詩人取此拙鳥不能自營巢，而有居鵲之成巢者，以爲興爾。今鵲作巢甚堅，既生雛，散飛則棄而去，在於物理，容有鳩來處彼空巢。古之詩人取物比興，但取其一義，以喻意爾。此《鵲巢》之義，詩人但取鵲之營巢用功多，以比周室積行累功，以成王業。鳩居鵲之成巢，以比夫人起家來居已成之周室爾。其所以云之意，以興夫人來居其位，當思周室創業積累之艱難，宜輔佐君子，共守而不失也。此意詩雖無文，但

❶「直」，原誤作「宜」，據通志堂本改。

詩既言鵲成巢之用功多，而鳩乃來居之，則其意自然可見。下言「百兩」者，述其來歸之禮甚盛，美其得正也。

草蟲

論曰：草蟲、阜螽，異類而交合，詩人取以爲戒。而毛、鄭以爲同類相求，取以自比。大夫妻，實已嫁之婦，而毛、鄭以爲在塗之女，其於大義既乖，是以終篇而失也。蓋由毛、鄭不以《序》意求詩義，既失其本，故枝辭衍説，文義散離，而與《序》意不合也。《序》意止言大夫妻能以禮自防爾，而毛、鄭乃言在塗之女，憂見其夫而不得禮，又憂被出而歸宗，皆詩文所無，非其本義。按《爾雅》，阜螽謂之蠜，草蟲謂之負，蠜、負形皆似蝗而異種，二者皆名爲螽，其生於陵阜者曰阜螽，生於草間者曰草螽。形色不同，種類亦異，故以阜、草别之。凡蟲鳥皆於種類同者相匹偶，惟此二物，異類而相合，合其所不當合，故詩人引以比男女之不當合而合者爾。

本義曰：召南之大夫出而行役，妻留在家。當紂之末世，淫風大行，彊暴之男侵陵貞女，淫泆之女犯禮求男，此大夫之妻，能以禮義自防，不爲淫風所化，見彼草蟲喓喓然而鳴呼，阜螽趯趯然而從之，有如男女非其匹偶，而相呼誘以淫奔者，故指以爲戒，而守禮以自防閑，以待君子之歸。故未見君子時，常憂不能自守，既見君子，然後心降也。其曰「陟彼南山，采蕨采薇」云者，婦人見時物之變新，感其君子久出，而思得見之，庶幾自守能保其全之意也。

行露

論曰：《行露》，據《序》本爲美召伯能聽訟，而毛氏謂「不思物變而推其類」，鄭氏謂「物有似而非者，士師所當審」，乃是召伯不能聽審爾。至其下章，但云「雖速我獄，室家不足」，則了無聽訟之意，與《序》相違。且鄭又謂露濕道中，是二月嫁娶之時。且男女淫奔，豈復更須仲春合禮之月？又謂六禮之來彊委之。且肆其彊暴以侵陵，豈復猶備六禮？何其説之迂也。詩人本述紂世禮俗大壞，及文王之化既行，而淫風漸止。然彊暴難化之男，猶思犯禮，將加侵陵，而女能守正不可犯，自訴其事，而召伯又能聽決之爾。若如毛、鄭之説，雖有媒妁，而言約未許，不待期要，而彊行六禮，乃是男女争婚之訟爾，非訴彊暴侵陵之事也。且男女争婚，世俗常事，而中人皆能聽之，豈足當詩人之所美乎？

本義曰：「厭浥行露，豈不夙夜」，謂行多露者，正女自訴之辭也。「誰謂雀無角，何以穿我屋」者，以興事有非意而相干者也。女子自言，我當多露之時，豈不欲早夜而出行？猶以露多將被霑污而不行，其自防閑，以保其身如此。然不意彊暴之男，與我本無室家之道，遽欲侵陵於我，迫我興此獄訟。雖然，事終獲辯者，由召伯聽訟之明也。事獲辯者，❶「室家不足」與下章「亦不女從」是也。所謂非意相干者，謂雀無角，不能穿屋矣，今乃以咮而穿我屋，謂鼠無牙，不能穿墉矣，今乃穴垣而居，是皆出於不意也。謂彼男子於我，本

❶「辯」，原誤作「辨」，據通志堂本改。上文亦作「獲辯」。

無室家之道，今乃直行彊暴，欲見侵陵，亦由非意相干也。

摽有梅

論曰：《摽有梅》，本謂男女及時之詩也。如毛、鄭之説，自首章「梅實七兮」以喻時衰，二章、三章喻衰落又甚，乃是男女失時之詩也。《序》言「召南之國被文王之化，男女得以及時」，則是紂世男女不得及時，獨被文王之化者，乃得及時爾。且不及時有三説：禮儀既喪，淫風大行，犯禮相奔者不禁；及遭彊暴，横見侵陵，則男女有未及嫁娶之年，先時而犯禮者矣；世變多故，兵既喪亂，民不安居，與力不足，則男女有過嫁娶之年，後時而不得如禮者矣。然則先時、後時，皆爲不及時，而紂世男女，常是先時犯禮爲不及時。而被文王之化者，變其淫俗，男女各得守禮，待及嫁娶之年，然後成婚姻，爲及時爾。今毛、鄭以首章「梅實七」爲當盛不嫁，至於始衰，以二章「迨其今」爲急辭，以卒章「頃筐塈之」爲時已晚，相奔而不禁。是終篇無一人得及時者，與詩人之意異矣。鄭氏又執仲春之月至夏爲過時，此又其迂滯者也。梅實有七，至於落盡，不出一月之間，故前世學者多云，詩人不以梅實記時早晚，獨鄭氏以爲過春及夏晚，皆非詩人本義也。古者婚禮，不自爲主人，「求我庶士」，非男女自相求。學者可以意得也。

本義曰：梅之盛時，其實落者少而在者七，已而落者多而在者三，已而遂盡落矣。詩人引此以興物之盛時不可久，以言召南之人，顧其男女方盛之年，懼其過時而至衰落，乃其求庶士，以相婚姻也。所以然者，召南之俗，被文王之化，變其先時、先奔犯禮之淫俗，男女各得待其嫁娶之年而始求婚姻，故惜其盛年難久，而懼過時也。吉者，宜也，求其相宜者也。今者，時也，欲及時也。謂者，相語也，遣媒妁相語以求之也。

野有死麕

論曰：詩《序》失於二《南》者，多矣。孔子曰：「三分天下有其二，以服事殷。」蓋言天下服周之盛德者過半爾。説者執文害意，遂云九州之内奄有六州。故毛、鄭之説，皆云文王自岐都豐，建號稱王，行化於六州之内。此皆欲尊文王而反累之爾。就如其説，則紂猶在上，文王之化，止能自被其所治，然於《芣苢・序》，則曰天下「和平，婦人樂有子」，於《麟趾・序》，則曰「《關雎》化行，天下無犯非禮者」，於《騶虞・序》，則曰「天下純被文王之化」。既曰如此矣，於《行露・序》，則反有「彊暴之男」「侵陵正女」而争訟，於《桃夭》、《摽有梅》序，則又云「婚姻男女得時」，又似不應有訟。據《野有死麕・序》，則又云「天下大亂，彊暴相陵，遂成淫風」，惟「被文王之化」者，猶能「惡其無禮也」。其前後自相牴牾，無所適從。然而紂爲淫亂，天下成風，猶文王所治，不宜如此。於《野有死麕》之《序》，僅可爲是，而毛、鄭皆失其義。《詩》三百篇，大率作者之體，不過三四爾。有作詩者自述其言，以爲美刺，如《關雎》、《相鼠》之類是也。有作者録當時人之言，以見其事，如《谷風》録其夫婦之言，「北風其凉」，録去衛之人之語之類是也。有作者先自述其事，次録其人之言以終之者，如《溱洧》之類是也。有作者述事與録當時人語雜以成篇，如《出車》之類是也。然皆文意相屬以成章，未有如毛、鄭解《野有死麕》，文意散離，不相終始者。其首章，方言正女欲令人以白茅包麕肉爲禮而來，以作詩者代正女吉人之言，其義未終。其下句則云「有女懷春，吉士誘之」，乃是詩人言昔時吉士以媒道成思春之正女，而嫉當時不然。上下文義各自爲説，不相結以成章。其次章三句，言女告人，欲令以茅包鹿肉而來。其下句則云「有女如玉」，乃是作詩者歎其女德如玉之辭，尤不成文理，是以失其義也。

本義曰：紂時男女，淫奔以成風俗，惟周人被文王之化者，能知廉耻，而惡其無禮，故見其男女之相誘而淫亂者，惡之，曰：彼野有死麕之肉，汝尚以可食之故，愛惜而包以白茅之潔，不使爲物所污，奈何彼女懷春，吉士遂誘而污以非禮？吉士猶然，彊暴之男可知矣。其次言樸樕之木，猶可用以爲薪，死鹿猶束以白茅而不污，二物微賤者猶然，况有女而如玉乎？豈不可惜，而以非禮污之？其卒章遂道其淫奔之狀，曰：汝無疾走，無動我佩，無驚我狗吠。彼奔未必能動我佩，蓋惡而遠却之之辭。

騶虞❶

（前缺）以時發矢射豝，下句直歎騶虞不食生物。若此，乃是刺文王曾騶虞之不若也，故知毛、鄭爲失。

本義曰：《召南》，風人美其國君有仁德，不多殺以傷生，能以時田獵。而虞官又能供職，故當彼葭草茁然而初生，國君順時畋于騶囿之中，蒐索害田之獸，其騶囿之虞官，乃翼驅五田豕，以待君之射，君有仁心，

❶ 原書此處篇名及「論曰」前半部分脱去，兹據文淵閣《四庫全書》本補其篇名，所脱文字以「（前缺）」字樣標明。

惟一發矢而已，不盡殺也。故詩之首句，❶言田獵之得時，次言君仁而不盡殺，卒歎虞人之得禮。

柏舟

論曰：「我心匪鑒，不可以茹」，毛、鄭皆以「茹」爲「度」，謂鑒之察形，不能度真僞，我心匪鑒，故能度知善惡。據下章云：「我心匪石，不可轉也。我心匪席，不可卷也。」毛、鄭解云「石雖堅，尚可轉，席雖平，尚可卷」者，其意謂石、席可轉、卷，我心匪石、席，故不可轉、卷也。然則鑒可以茹，我心匪鑒，故不可茹，文理易明。而毛、鄭反其義，以爲鑒不可茹，而我心可茹者，其失在於以「茹」爲「度」也。詩曰：「剛亦不吐，柔亦不茹。」茹，納也。傳曰：「火、日外景，金、水内景。」蓋鑒之於物，納影在内，凡物不擇妍媸，皆納其影。時詩人謂衛之仁人，其心非鑒，不能善惡皆納，善者納之，惡者不納，以其不能兼容，是以見嫉於在側之群小，而獨不遇也。「憂心悄悄，愠于群小」者，本謂仁人爲群小所怒，故常懼禍而憂心焉。如鄭氏云「德備而不遇，所以愠」者，則是仁人愠群小爾。以文理考之，當是群小愠仁人也。居、諸，語助也。日、月，《詩》傳云「日乎月乎」者是也。胡迭，更互之辭也。「日居月諸，胡迭而微」者，謂仁人傷衛日往月來而漸微爾，猶言日朘月削也，安有「大臣專恣，日如月然」之義哉？

❶「詩」，原誤作「時」，據通志堂本改。

擊鼓

論曰：《擊鼓》五章，自「爰處」而下三章，王肅以爲衛人從軍者與其室家訣別之辭，而毛氏無説，鄭氏以爲軍中士伍相約誓之言。今以義考之，當時王肅之説爲是，❶則鄭於此詩一篇之失太半矣。州吁以魯隱四年二月弑桓公而自立，至九月如陳見殺，中間惟從陳、蔡伐鄭是其用兵之事。而謂其阻兵安忍，衆叛親離者，蓋衛人以其有弑君之大惡，不務以德和民，而以用兵自結於諸侯，言其勢必有禍敗之事爾。其曰「衆叛親離」者，第言人心不附爾。而鄭氏執其文，遂以爲伐鄭之兵，軍士離散。按《春秋左傳》言，伐鄭之師，圍其東門，五日而還。兵出既不久，又未嘗敗衄，不得有卒伍離散之事也。且衛人暫出從軍，已有怨刺之言，其卒伍豈宜相約偕老於軍中？此又非人情也。由是言之，王氏之説爲得其義。

本義曰：州吁以弑君之惡自立，内興工役，外舉兵而伐鄭國，❷數月之間，兵出者再，國人不堪，所以怨刺，故於其詩載其士卒將行，與其室家訣別之語，以見其情。云我之是行，未有歸期，亦未知於何所居處，於何所喪其馬，若求與我馬，當於林下求之，蓋爲必敗之計也。因念與子死生勤苦，無所不同，本期偕老，而今闊別，不能爲生，吁嗟我心，所苦如此，可信而在上者不我信也。洵，亦信也。

---

❶「時」，通志堂本同，疑爲「以」字之誤。
❷「舉」，通志堂本作「興」。

匏有苦葉

論曰：詩刺衛宣公與夫人並爲淫亂，而鄭氏謂夫人者，夷姜也。夷姜，宣公之父妾也。宣姜者，宣公子伋之婦也。此二人皆稱夫人，皆與宣公爲淫亂者。考詩之言，不可分別，不知鄭氏何從知爲獨刺夷姜也。按《史記》，夷姜生子曰伋，其後宣公爲伋娶齊女，奪之，是爲宣姜。學者因附鄭説，謂作詩時未爲伋娶，故當是刺夷姜。且詩作早晚不可知，今直以詩之編次偶在前爾，然則鄭説胡爲可據也？據《詩·牆有茨》刺公子頑云：「中冓之言，不可道也。所可道也，言之醜也。」蓋甚惡之之辭也。宣公烝父妾，淫子婦，皆是鳥獸之行，悖人倫之理，詩人刺之，宜爲甚惡之辭也。今鄭氏以匏葉苦，濟水深，爲八月納采問名之時，又以深厲淺揭，喻男女才性賢不肖、長幼宜相當，乃是刺婚姻不時，男女不相當之詩爾。且烝父妾，奪子婦，豈有婚姻之禮，安問男女賢愚、長幼相當與否？蓋毛、鄭二家，不得詩人之意，故其説失之迂遠也。昔魯叔孫穆子賦《匏有苦葉》，晉叔向曰：「苦匏不才，供濟於人而已。」蓋謂要舟以渡水也。《春秋》、《國語》所載，諸侯大夫賦詩，多不用詩本義，第略取一章或一句，假借其言，以苟通其意，如《鵲巢》、《黍苗》之類，故皆不可引以爲詩之證。至於鳥獸、草木諸物常用於人者，則不應謬妄。苦匏爲物，當毛、鄭未説詩之前，其説如此。若穆子去詩時近，不應謬妄也。今依其説以解詩，則本義得矣。毛、鄭又謂飛曰雌雄，走曰牝牡，然《周書》曰「牝雞無晨」，豈爲走獸乎？古語通用無常也。

本義曰：詩人以腰匏葉以涉濟者，❶不問水深淺，惟意所往，期於必濟，如宣公烝淫夷、宣二姜，不問可否，惟意所欲，期於必得，不懼滅亡之罪，如涉濟者，不思沈溺之禍也。「濟盈不濡軌」者，濟盈無不濡之理，而涉者貪於必進，自謂不濡，又興宣公貪於淫欲，身蹈罪惡而不自知也。「雉鳴求其牡」者，又興夫人不顧禮義而從宣公，如禽鳥之相求，惟知雌雄爲匹，而無親疏父子之别。「雝雝鳴鴈，旭日始旦」。士如歸妻，迨冰未泮」，言士之娶妻猶有禮，别宣公曾庶士之不若也。「招招舟子，人涉卬否。人涉卬否，卬須我友」者，謂行路之人衆皆涉矣，有招之而獨不涉者，以待同行，不忘其友也。以刺夫人忘己所當從，而隨人所誘，曾行路之人不如也。凡涉水者，淺則徒行，深則舟渡，而腰匏以涉者，水深而無舟，蓋急遽而蹈險者也，故詩人引以爲比。

❶ 「葉」，通志堂本同，疑爲衍文。

詩本義卷第三

北風

論曰：《北風》本刺衛君暴虐，百姓苦之，不避風雪，相攜而去爾。鄭謂「北風其涼，雨雪其雱」「喻君政教暴酷」者，非也。「其虛其邪，既亟只且」者，承上「攜手同行」之路，云其可虛徐而不進乎？謂當亟去爾。皆民相招之辭。而鄭謂「在位之人，故時威儀寬徐，今爲刻急之行」者，亦非也。詩人必不前後述衛君臣，而中以民去之辭間之。若此，豈成文理？「莫赤匪狐，莫黑匪烏」者，鄭謂喻「君臣相承爲惡如一」，且赤、黑，狐、烏之自然，非其惡也，豈以喻君臣之惡？皆非詩之本義也。

本義曰：詩人刺衛君暴虐，衛人逃散之事，述其百姓相招而去之辭。曰「北風其涼，雨雪其雱。惠而好我，攜手同行」者，民言雖風雪如此，有與我相惠好者，當與相攜手，衝風冒雪而去爾。「其虛其邪，既亟只且」者，言無暇寬徐，當急去也。「莫赤匪狐，莫黑匪烏」，謂狐、烏各有類也，❶言民各呼其同好，以類相攜而去也。故其下文云「惠而好我，攜手同車」是也。

❶ 「烏」，原誤作「兔」，據文淵閣《四庫全書》本改。

静女

論曰：《静女》之詩，所以爲刺也。毛、鄭之説，皆以爲美，既非陳古以刺今，又非思得賢女以配君子，直言衛國有正静之女，其德可以配人君。考《序》及詩，皆無此義。然則既失其大旨，而一篇之内，隨事爲説，訓解不通者，不足怪也。詩曰：「静女其姝，俟我於城隅。愛而不見，搔首踟躕。」據文求義，是言静女有所待於城隅，不見而徬徨爾。其文顯而義明，灼然易見，而毛、鄭乃謂正静之女自防如城隅，則是捨其一章，但取「城隅」二字以自申其臆説爾。彤管不知爲何物，如毛、鄭之説，則是女史所親以書后妃群妾功過之筆之赤管也。以謂女史所書是婦人之典法，彤管是書典法之筆，故云遺以古人之法。何其迂也！據詩云：「静女其孌，遺我彤管。」所謂我者，説乎以女求意，是静女以彤管所貽之人也。若彤管是王宫女史之筆，静女從何得以遺人？使静女家自有彤管用以遺人，則因彤管自媒，何名静女？若謂詩人假設以爲言，是又不然。且詩人本以意有難明，故假物以見意，如彤管之説，左右不通如此，詩人假之，何以明意？理必不然也。其下文云：「彤管有煒，説懌女美。」鄭既不能爲説，遂改爲「説釋」，以曲就己義。改經就注，先儒固已非之矣。其荑，茅之始生而秀者，何取其有始有終？毛義既失，鄭又附之，謂可以共祭祀。據詩，但言其美爾，安有共祭祀之文？皆衍説也。據《序》言「《静女》，刺時也。衛君無道，夫人無德」，謂宣公與二姜淫亂，國人化之，淫風大行，君臣上下，舉國之人皆可刺，而難於指名以偏舉，故曰「刺時」者，謂時人皆可刺也。據此，乃是述衛風俗，男女淫奔之詩爾。以此求詩，則本義得矣。古者鍼筆皆有管，樂器亦有管，不知此彤管是何物也。

但彤是色之美者，蓋男女相悦，用此美色之管相遺，以通情結好爾。

本義曰：衛宣公既與二夫人烝淫，爲鳥獸之行，衛俗化之，禮義壞而淫風大行，男女務以色相誘悦，務誇自道而不知爲惡，雖幽静難誘之女亦然。舉静女猶如此，則其他可知。故其詩述衛人之言曰：彼姝然静女，約我而俟我於城隅，與我相失而不相見，則躊躇而不能去。又曰：彼安然静女，❶贈我以彤管，此管之色煒然甚盛，如女之美，可悦懌也。其卒章曰：我自牧田而歸，取彼茅之秀者，信美且異矣，然未足以比女之爲美，聊貽美人以爲報爾。

新臺

論曰：毛傳《新臺》，訓詁而已，其言既簡，不知其意如何，未可遽言其得失。至鄭轉釋「籧篨」爲「口柔」，「戚施」爲「面柔」，然後一篇之義皆失。《國語》晉胥臣對文公言：「籧篨不可使俯，注謂：「籧篨偃人，不可使俛。」戚施不可使仰。」注謂：「戚施僂人，不可使仰。」與僬僥、侏儒、矇瞍、嚚瘖、聾聵、僮昏之類，皆是人之不幸而身病者，故謂之八疾。鄭既以謂籧篨、戚施並斥衛宣公。據詩，宣公淫亂，不恤國事，兵革數起，《北風》刺其虐政，衛人怨怒，相攜持而叛去，《二子乘舟》又殺伋、壽，乃是衛之暴君，似非柔者。其淫於子婦，鳥獸之行，最爲大惡，詩人刺之，宜加以深惡音污。之言，不當但言其口柔、面柔而已。鄭意自謂籧篨、戚施本是病人，以

❶「安」，通志堂本作「孌」。

口面柔者似之，故取以爲言爾。使宣公口面不柔耶？詩人刺其大惡，何故委曲取此小疾以斥之？使宣公性實柔邪？不當兼此二事。蓋口柔不能俯，則是仰矣，又安得戚施？面柔不能仰，則是俯矣，又安得籧篨哉？一人之身不容兼此二事，此尤可笑者。鮮，少。殄，絕。訓釋甚明。而鄭解「鮮」爲「善」，又改「殄」爲「腆」，以曲成己說，此尤不可取也。今以毛傳訓詁求詩本義，又據毛解卒章，則毛雖簡略，於義爲得。

本義曰：衛人惡宣公淫其子婦，乃臨河上築高臺，而遂之以求燕婉之樂，國人過其下者，多仰面視之。不少不絕，言國人仰視者多也。此惡宣公淫不避人，如鳥獸爾。卒章言齊姜本嫁其子，反與其父於此臺上共求燕婉之樂，使國人見此，又或俯面而不欲視之。得此，猶遇此也，言遇此人而俯面不欲視。據詩，公在臺上，其下之人甚衆，有仰而視者，有俯而不欲視者。然則不欲視者，惡之尤深。

二子乘舟

論曰：「二子乘舟，汎汎其景」，毛謂：「國人傷二子涉危遂往，如乘舟而無所薄，汎汎然迅疾而不礙也。」據傳言，壽、伋相繼而往，皆見殺，豈謂汎汎然不礙？引譬不類，非詩人之意也。宣公奪伋妻，爲鳥獸之行。使伋之齊而殺之，伋當逃避，使宣公無殺子之事，不陷於罪惡，乃爲得禮。若壽者，益不當先往而就死。二子舉非合理，死不得其所，聖人之所不取。但國人憐而哀其不幸，故詩人述其事，以譬夫乘舟者，汎汎然無所維制，至於覆溺，可哀而不足尚，亦猶《語》謂「暴虎馮河，死而無悔」也。詩人之意，如此而已。「不瑕有害」，毛說是矣。

牆有茨

論曰：《牆有茨》文義皆簡而易明，由毛公一言之失，鄭氏從而附之，遂汩詩之本義。公子頑通乎宣姜，鳥獸之行，人所共惡，當加誅戮。然宣姜是國君之母，誅公子頑，則暴宣姜之罪，傷惠公子母之道，故不得而誅爾。詩人乃引蒺藜，人所惡之草，今乃生於牆，理當掃除，然欲掃除，則懼損牆，以比公子頑罪當誅戮，欲誅則懼傷惠公子母之道。其義如此而已。所謂毛公一言之失者，謂「牆所以防非常」也。且詩人取物比興，本以意有難明，假物見意爾。若謂「牆以防非常」，則雖有蒺藜生其上，何害其防非常也？且所謂「牆以防非常」者，爲内外之限爾，若上有蒺藜，則人益不可履而踰，是於牆反有助爾。此豈詩人之本意哉？詩人本意，但惡公子頑當誅，懼有所傷而不得誅，如蒺藜當去，懼損牆而不得去爾。毛公言「去之傷牆」，則近矣。

相鼠

論曰：經義固常簡直明白，而未嘗不爲説者迂回汩亂，而失之彌遠也。《相鼠》之義不多，直刺衛之群臣無禮儀爾。詩之意，言人不如鼠爾。而毛、鄭氏以鼠比人，此其失也。毛言「居尊位爲闇昧之行」，考《序》及詩，皆無此義。而鄭氏又從而附之，謂「偷食苟得，不知廉耻」，皆詩所無。鼠穴處，詩人不以譬高位也。本刺無禮儀，何取鼠之偷食？詩言鼠有皮毛，以成其體，而人反無威儀容止，以自飭其身，曾鼠之不如也。人不如鼠，則何不死爾。此甚嫉之之辭也。三章之意皆然，更無他意也。

考槃

論曰：《考槃》，本述賢者退而窮處，鄭解「永矢弗諼」，以謂誓不忘君之惡；「永矢弗過」，謂誓不復入君之朝；「永矢弗告」，謂誓不告君以善道。如鄭之説，進則喜樂，退則怨懟，乃不知命之狠人爾，安得爲賢者也。孔、孟常不遇矣，所居之國，其君召之以禮，無不往也。顔子常窮處矣，人不堪其憂，而不改其樂也。使詩人之意果如鄭説，孔子録詩必不取也。

本義曰：考，成。槃，樂也。「考槃在澗，碩人之寬。獨寐寤言，永矢弗諼。」謂碩人居於山澗之間，不以爲狹而獨言，自謂不忘此樂也。「碩人之寬」，澗居雖狹，賢者以爲寬也。「永矢弗過」者，謂安然樂居澗中，不復有所他之也。「永矢弗告」者，自得其樂，不可妄以語人也。

氓

論曰：《氓》，據《序》是衛國淫奔之女色衰，而爲其男子所棄，困而自悔之辭也。今考其詩，一篇始終皆是女責其男之語，凡言「子」言「爾」者，皆女謂其男也。鄭於「爾卜爾筮」，獨以謂告此婦人曰：「我卜汝宜爲室家。」且上下文初無男子之語，忽以此一句爲男告女，豈成文理？據詩所述，是女被棄逐怨悔，而追序與男相得之初，殷勤之篤，而責其終始棄背之辭。云子初來即我謀，我既許子，而爾乃决以卜筮，於是我從子而往爾。推其文理，「爾卜爾筮」者，女「爾」其男子也。「桑之未落，其葉沃若。于嗟鳩兮，無食桑葚。于嗟女兮，無與士耽。」皆是女被棄逐，困而自悔之辭。鄭以爲「國之賢者刺此婦人見誘，故于嗟而戒之」，今據上文「以我賄遷」、下文「桑之落矣」皆是女之自語，豈於其間獨此數句爲國之賢者之言？據《序》，但言「序其事以風」，則是詩人序述女語爾。不知鄭氏何從知爲賢者之辭，蓋臆說也。桑之沃若，喻男情意盛時可愛；至黄而隕，又喻男意易得衰落爾。鄭以桑未落爲仲秋時，又謂鳩非時而食葚，且桑在春夏皆未落，豈獨仲秋？而仲秋安得有葚？此皆其失也。蓋女謂我愛彼男子情意盛時，與之耽樂，而不思後患，譬如鳩愛葚而食之，過則爲患也。「兄弟不知，咥其笑矣。」據文，本謂不知而笑。鄭箋云「若其知之，則笑我」，與詩意正相反也。詩述女言，我爲男子誘而奔也，兄弟不知我今被其酷暴，乃笑我爾。意謂使其知我今困於棄逐，則當哀我也。其意如此而已。

竹竿

論曰：《竹竿》之詩，據文求義，終篇無比興之言，直是衛女嫁於異國，不見答而思歸之詩爾。其言多述衛國風俗，所安之樂，以見己志，思歸而不得爾。而毛、鄭曲爲之說，常以淇水爲比喻。《詩》曰：「籊籊竹竿，以釣于淇。」毛謂：「釣以得魚，如婦人待禮以成爲室家。」取物比事，既非倫類，又與下文不相屬。詩下文云：「豈不爾思，遠莫致之。」且衛女嫁在夫家，但恩意不相厚爾，是所謂近而不相得也。而詩云「遠莫致之」，故知毛說難通也。鄭又以泉源小水，當流入淇大水，今不入淇而相左右，喻女當歸夫家，而不見答。如鄭此說，是以泉源喻女，而以淇水喻夫家也。若然，則小水自不流入淇，是衛女自不歸夫家爾，義豈得安？

又其下章云：「淇水滺滺，檜楫松舟。」謂「舟楫相配，得水而備，❶如男女相配，得禮而備」，則又以淇水喻禮也。不唯淇水喻禮，義自不倫，且上章以淇水喻夫家，下章又以淇水喻禮，詩人不必二三其意，雜亂以惑人也。

本義曰：衛女之思歸者，述其國俗之樂。云有籊籊然執竿以釣于淇者，我在家時常出而見之，今我豈不思復見之乎？而遠嫁異國，不得歸爾。又言泉、淇二水之間，衛人之所常遊處也，今我嫁在異國，與父母兄弟皆不得相近，況此二水乎？因又思衛女之在其國者，巧笑佩玉，威儀閒暇，樂然於二水之上，念己有所不如也。又言淇水滺滺然，有乘舟而遊者，亦可樂也。《序》言「思而能以禮者」，謂雖不見荅，而不敢道夫家之過惡，亦不敢有欲去之心，但陳衛國之樂，以見思歸之意爾。若《谷風》及《氓》則多述夫家之過惡也。

揚之水

論曰：據詩三章，周人以出戍，不得更代而怨思爾。其《序》言「不撫其民」者，謂勞民以遠戍也。鄭氏不原其意，遂以「不流束薪」爲恩澤不行於民。且激揚之水，本取其力弱，不能流移束薪，與恩澤不行意不類。由鄭氏泥於「不撫其民」，而不考詩之上下文義也。

本義曰：激揚之水，其力弱，不能流移於束薪，猶東周政衰，不能召發諸侯，獨使周人遠戍，久而不得代

❶「備」，通志堂本作「行」。

爾。「彼其之子」，周人謂他諸侯國人之當戍者。「曷月還歸」者，久而不得代也。

兔爰

論曰：鄭氏於詩，其失非一。或不取《序》文，致乖詩義；或遠棄詩義，專泥《序》文；或《序》與詩皆所無者，時時自爲之説。《兔爰》之義，據《序》文及詩，本以桓王之時，周道衰微，諸侯背叛，君子惡居亂世，不樂其生之詩也。而鄭氏泥於「王師傷敗」之言，遂以「逢此百罹」爲軍役之事，又以兔、雉喻政有緩急。且詩言欲寐而不覺，其惡時甚矣。政有緩急，未爲大害也。矧夫政體自當有緩有急，就令寬猛失中，詩人未至欲寐而不覺也。

本義曰：「有兔爰爰，雉離于羅」者，歎物有幸不幸也，謂兔則爰爰而自得，雉則陷身於羅網，兔則幸而雉不幸也。其曰「我生之初，尚無爲」者，謂昔時周人尚幸，世無事而閑緩，如兔之爰爰也。「我生之後，逢此百罹」者，謂今時周人不幸，遭此亂世，如雉陷於網羅。蓋傷己適丁其時也。

采葛

論曰：詩人取物爲比，比所刺美之事爾。至於陳己事，可以直述，不假曲取他物以爲辭。采葛、采蕭、采艾，皆非王臣之事，此小臣賤有司之所爲也。讒人者害賢材，離間親信，乃大臣賢士之所懼，彼詩人不當引小臣賤有司之事以自陳，此毛、鄭未得於詩，而强爲之説爾，故毛直以謂采葛者自懼讒，而鄭覺其非，因轉釋以爲喻臣以小事出使者。二家之説，自相違異，皆由失其本義也。

本義曰：詩人以采葛、采蕭、采艾者，皆積少以成多，知王聽讒説，❶積微而成惑。夫讒者，疏人之所親，疑人之所信，奪人之所愛，非一言可効、一日可爲，必須累積而後成，或漸入而日深，或多言之並進，故曰浸潤之譖，又謂積毁銷骨也。是以詩人刺讒，常以積少成多爲患，《采葛》之義，如是而已。至於《采苓》、《防有鵲巢》、《巷伯》、《青蠅》，其義皆然。

丘中有麻

論曰：留爲姓氏，古固有之。然考詩人之意，所謂「彼留子嗟」者，非爲大夫之姓留者也。莊王事迹，略見《春秋》、《史記》，當時大夫留氏，亦無所聞於人，其被放逐，亦不見其事。既其事不顯著，則後世何從知之？詩人但以莊王不明，賢人多被放逐，所以刺爾，必不專主留氏一家。及其云「子國」，則毛公又以爲子嗟之父，前世諸儒皆無考據，不知毛公何從得之。若以爲子嗟父，則下章云「彼留之子」，復是何人？父子皆賢，而並被放逐，在理已無，若汎言留氏，舉族皆賢，而皆被棄，則愈不近人情矣。況如毛、鄭之説，留氏所以稱其賢者，能治麻麥、種樹而已矣。夫周人衆矣，能此者豈一留氏乎？況能之，未足爲賢矣。此詩失自毛公，而鄭又從之。

❶ 「知」，通志堂本作「如」。

本義曰：莊王之時，賢人被放逐，退處於丘壑，國人思之。以爲麻麥之類，生於丘中，以其有用，皆見收於人，惟彼賢如子嗟、子國者，獨留於彼而不見録。「其來施施」，難於自進也。「將其來食」，思其來而録之也。「貽我佩玖」，謂其有美德也。子嗟、子國，當時賢士之字，汎言之也。

詩本義卷第四

叔于田

論曰：《叔于田》之義，至簡而明，毛、鄭於飲酒、服馬無所解説，而謂「巷無居人」者，「國人注心於叔，似如無人處」，不惟其説迂疏，且與下二章飲酒、服馬文義不類，以此知非詩人本意也。雖爲小失，不可不正。

本義曰：詩人言大叔得衆，國人愛之，以謂叔出于田，則所居之巷若無人矣。非實無人，雖有而不如叔之美且仁也。其二章又言，叔出則巷無可共飲酒之人矣，雖有而不如叔之美且好也。其三章又言，叔出則巷無能服馬之人矣，雖有而不如叔之美且武也。皆愛之之辭。

羔裘

論曰：「羔裘晏兮」，「三英粲兮」，毛、鄭皆以「三英」爲「三德」者，本無所據，蓋旁取《書》之三德，曲爲附麗爾。六經所在三數甚多，苟可曲以附麗，則何説不可據？詩三章，皆上兩言述羔裘之美，下兩言稱其人之善。其一章曰「羔裘如濡，洵直且侯」者，言此裘潤澤，信可以爲君朝服。洵，信也。至其下言則稱其人曰「彼其之子」，守命不變也。其二章曰「羔裘豹飾，孔武有力」，言裘所以用豹爲飾者，以豹有武力之獸也。故其下言稱其人云「彼其之子，邦之司直」者，謂服以武力之獸爲飾，而彼剛彊正直之人，稱其服爾。其三章曰「羔裘晏兮，三英粲兮」，亦當是述羔裘之美。其下言始云「彼其之子，邦之彦兮」者，謂稱其服也。英，美也。粲，衣服鮮明貌。但「三英」失其義，不知其爲何物爾，故闕其所未詳。

女曰雞鳴

論曰：「女曰雞鳴，士曰昧旦」，是詩人述夫婦相與語爾。其終篇皆是夫婦相語之事，蓋言古之賢夫婦相語者如此，所以見其妻之不以色取愛於其夫，而夫之於其妻不説其色，而内相勉勵，以成其賢也。而鄭氏於其卒章「知子之來之」，以爲「子」者是異國之賓客，又言「豫儲珩、璜雜佩」，又云「雖無此物，猶言之以致意」，皆非詩文所有，委曲生意，而失詩本義。且既解卒章以此，又因以「宜言飲酒，與子偕老」亦爲賓客，斯又泥而不通者也。今偏考《詩》諸風，言偕老者多矣，皆爲夫婦之言也。且賓客一時相接，豈有偕老之理？是殊不近人情。以此求詩，何由得詩之義？

本義曰：詩人刺時好色而不説德，乃陳古賢夫婦相警勵以勤生之語。謂婦勉其夫早起，往取鳧鴈以爲具，飲酒歸以相樂，御其琴瑟，樂而不淫，以相期於偕老。凡云「子」者，皆婦謂其夫也。其卒章又言，知子之來相和好者，當有以贈報之，以勉其夫不獨厚於室家，又當尊賢友善，而因物以結之。此所謂説德而不好色，以刺時之不然也。

有女同車　山有扶蘇

論曰：《有女同車·序》言「刺忽不昏於齊」，「卒以無大國之助，至於見逐」。今考本篇，了無此語，若於《山有扶蘇》，義則有之。《山有扶蘇·序》言「刺忽所美非美」。考其本篇，亦無其語，若於《有女同車》，義則有之。二篇相次，疑其戰國、秦漢之際，六經焚滅，《詩》以諷誦相傳，易爲差失。漢興，承其訛謬，不能考正，遂以至今。然不知魯、韓、齊三家之義，又爲何説也。今移其《序》文附二篇之首，則詩義焕然，不求自得。定本《有女同車》「刺忽也，所美非美然」。《山有扶蘇》「刺忽也，鄭人刺忽之不昏于齊。太子忽嘗有功于齊，齊侯請妻之，齊女賢而不取，卒以無大國之助，至于見逐，故國人刺之」。毛、鄭之説與予之本義，學者可以擇焉。

本義曰：「有女同車，顔如舜華。將翱將翔，佩玉瓊琚。彼美孟姜，洵美且都」云者，詩人極陳齊女之美如此，而鄭忽不知爲美，反娶於他國，是所美非美也。又曰「山有扶蘇，隰有荷華。不見子都，乃見狂且」云者，詩人以草木依託山隰，皆得茂盛榮華，以刺鄭忽不能依託大國以自安全，遂斥其君，「此狂狡之童」爾。各舉一章，則下章之義不異也。

褰裳

論曰：《褰裳》之詩，鄭有忽、突争國之事，思大國來定其亂也。據詩，但怨諸侯不來，而箋意謂鄭人不往，義正相反，此其失也。其曰「子惠思我，褰裳涉溱」者，謂彼大國有惠然思念我鄭國之亂，欲來爲我討正之者，非道遠而難至，但褰其裳，行涉溱水而來，則至矣。言甚易而不來爾。而鄭謂有大國思我，則我揭衣渡水往告以難也。且以難告人，豈待其思而後往告？亦不以難而不往也。❶「子不我思，豈無他人」者，但言諸侯衆矣，子不我思，則當有他國思我者爾。詩人假爲此言，以述鄭怨諸侯不相救卹爾。而鄭謂「先鄉齊、晉、宋、衛，後之荆楚」者，穿鑿之衍説也。又曰「豈無他士」者，猶言他人爾。鄭謂「大國之卿，當天子之上士」者，亦拘儒之説也。

子衿

論曰：《子衿》，據《序》，但刺鄭人學校不脩爾。鄭以學子在學中，有留者，有去者。毛又以「嗣」爲「習」，謂習詩樂。又以「一日不見，如三月」，謂「禮樂不可一日而廢」。苟如其説，則學校脩而不廢，其有去者，猶有居者，則勸其來學，然則詩人復何所刺哉？鄭謂「子寧不嗣音」爲「責其忘己」，則是矣。據詩三章，皆是學校廢而生徒分散，朋友不復群居，不相見而思之辭爾。挑達城闕間，日遨遊無度者也。

❶「難」，原重文，據通志堂本删一。

東方之日

論曰：《東方之日》毛、鄭皆以喻君，而毛謂「日出東方，人君明盛」，鄭謂「其明未融，喻君不明」。東方之月，毛、鄭皆以喻臣，而毛亦謂「月盛於東方」，鄭又以爲不明。以詩文考之，日月非喻君臣，毛、鄭固皆失之矣。至於明不明之説，二家特相反。而日出東方，明最盛，皆智愚所具見，而鄭以爲不明者，蓋遷就己説爾。若毛既謂日月在東方，爲君臣盛明，則於詩《序》所謂「君臣失道」者，義豈得通？此其又失也。

本義曰：東方之日，日之初升也，蓋言彼姝之子，顔色奮然美盛，如日之升也。「在我室兮，履我即兮」者，相邀以奔之辭也。此述男女淫風，但知稱其美色以相誇榮，而不顧禮義，所謂「不能以禮化」也。下章之義亦然。

南　山

論曰：《南山》，刺齊襄與魯文姜之事。毛、鄭得之多矣。其曰「葛屨五兩，冠緌雙止」，毛但云「葛屨，服之賤者；冠緌，服之尊者」，而不究其説。鄭謂：「葛屨五兩，喻文姜與娣姪傅姆同處，冠緌，喻襄公。文姜與姪娣傅姆五人爲奇，襄公往，從而雙之。」詩人之意，必不如此。然本義已失矣，故闕其所未詳。

蟋蟀

論曰：《蟋蟀》之義，簡而易明。鄭氏以農功爲詩，考《序》及詩，但刺僖公不能以禮自娛樂爾，初不及農功也。國君之尊，以禮晏樂自有時，豈如庶人，必待農隙乎？鄭惟此爲衍説爾。「職思其外」，毛謂「禮樂之外」，鄭謂「國外至四境」，鄭又謂「職思其憂」爲鄰國侵伐之事。皆失之。詩曰「蟋蟀在堂」者，著歲將親，❶而日月之速，宜爲樂也。「職思其外」者，謂國君行樂有時，使不廢其職事，而更思其外爾，謂廣爲周慮也。一國之政，所憂非一事，不專備侵伐也。

揚之水

論曰：詩人本刺昭公封沃，而桓叔盛彊，而毛、鄭謂「波流湍疾，洗去垢濁，使白石鑿鑿然」。如桓叔除民所患，民得有禮義」。遂如二家之説，則是桓叔善治其民，非其盛彊爲晉患也。據《序》所陳，直謂昭公微弱，不能制桓叔之彊，民皆捨弱就彊，叛而歸沃爾，非謂民知就禮義也。使民知就禮義，則晉雖弱而不叛也。《詩·王風》、《鄭風》及此有《揚之水》三篇，其《王》、《鄭》二篇，皆以激揚之水力弱，不能流移束薪，豈獨於此篇，謂波流疾湍，洗去垢濁？以意求之，當是刺昭公微弱不能制沃，與不流束薪義同，則得之矣。

---

❶ 「親」，疑誤，通志堂本作「晚」。

本義曰：激揚之水其力弱，不能流移白石，以興昭公微弱，不能制曲沃。而桓叔之彊於晉國，如白石鑿鑿然見於水中爾。其民從而樂之，則詩文自見。毛、鄭之説亦通也。

采苓

論曰：毛以《采苓》爲「細事」，與《采葛》傳同，予於《采葛》論之矣。鄭又轉釋「細事」以爲「小行」，詩人之意明白，固不使後人須轉釋而後知也。首陽，山名，人所共見而易知者，毛以爲幽僻，鄭以爲無徵，皆失矣。至於「人之爲言，苟亦無信。舍旃舍旃，苟亦無然」，以文意考之，本是爲一事，而鄭分爲二，謂「人之爲言」是稱薦人，欲使見進用，「舍旃舍旃」是謗訕人，欲使見貶退者。考詩之意，不然也。蓋其下文再舉「人之爲言」，而不復舉「舍旃舍旃」者，知非二事也。

本義曰：采苓者，積少成多，如讒言漸積以成惑，與《采葛》義同。其曰「人之爲言，苟亦無信。舍旃舍旃，苟亦無然。人之爲言，胡得焉」者，戒獻公聞人之言，且勿聽信，置之且勿以爲然。更考其言何所得，謂徐察其虛實也。義止如是而已。

蒹葭

論曰：據詩《序》，但言「刺襄公未能用周禮」爾。鄭氏以謂「秦處周之舊土，其人被周德教日久。襄公新爲諸侯，未習周之禮法，故國人未服」。按《史記・秦本紀》，周幽王時，西戎犬戎與申侯伐周，殺幽王。秦襄公將兵救周，戰有功。周避犬戎難，東徙洛邑，襄公以兵送周平王。平王封襄公爲諸侯，賜之岐以西之地，曰：「戎無道，侵奪我岐、豐之地，秦能攻逐戎，即有其地。」襄公於是始國，與諸侯通。十二年，伐戎至岐而卒。子文公立，居西垂宫。十六年，以兵伐戎。戎敗走，於是遂收周餘民有之，地至岐。又據《詩·小戎·序》云，襄公「備其兵甲，以討西戎。❶西戎方彊，而征伐不休」。但言征伐，而不言敗逐之。以《史記》及《小戎·序》考之，蓋自西戎侵奪岐、豐，周遂東遷，雖以岐、豐賜秦，使自攻取，而終襄公之世，不能取之，但嘗一以兵至岐而卒。至文公立，十六年始逐戎而取岐、豐之地。然則當詩人作《蒹葭》之時，秦猶未得周之地，鄭氏謂秦處周之舊土，大旨既乖，其餘失詩本義，不論可知。

本義曰：秦襄公雖未能攻取周地，然已命爲諸侯，受顯服，而不能以周禮變其夷狄之俗，故詩人刺之以詩。蒹葭，水草，蒼蒼然茂盛，必待霜降，以成其質，然後堅實而可用，以比秦雖彊盛，❷必用周禮，以變其夷狄之俗，然後可列於諸侯。「所謂伊人」者，斥襄公也。謂彼襄公如水旁之人，不知所適，欲逆流而上，則道遠而不能達，欲順流而下，則不免困於水中，以興襄公雖得進列諸侯，而不知所爲，欲慕中國之禮義，既邈不能及，退循其舊，則不免爲夷狄也。「白露未晞」、「未已」，❸謂未成霜爾。

---

❶ 「討」，原誤作「詩」，據通志堂本改。
❷ 「比」，原誤作「此」，據通志堂本改。
❸ 「晞」，原誤作「昧」，據通志堂本改。

詩本義卷第五

東門之枌

論曰：子仲之子，莫知爲男也、女也，而鄭謂之男子。穀旦者，善旦也，猶今言吉日爾，鄭謂「朝日善明」者，何其迂邪！「南方之原」，毛以爲陳大夫原氏，而鄭因以此原氏，國中之最上處，而家有美女。附其説者，遂引《春秋》莊公時季友「如陳葬原仲」，爲此原氏。且原氏，陳之貴族，宜在國中，而曰「南方之原」者，何哉？據詩人所陳，當在陳國之南方也。而説者又以不績其麻而舞於市者，遂爲原氏之女。皆詩無明文，以意增衍，而惑學者，非一人之失也。

本義曰：陳俗男女喜淫風，而詩人斥其尤者。子仲之子，常婆娑於國中樹下，以相誘説，因道其相誘之語，當以善旦，期於國南之原野。而其婦女亦不務績麻，而婆娑於市中。其下文又述其相約以往，而悦慕其容色，贈物以爲好之意。蓋男女淫奔，多在國之郊野，所謂「南方之原」者，猶東門之墠也。

衡門

論曰：毛、鄭解「衡門之下，可以棲遲」，其義是矣。自「泌之洋洋」以下，鄭解爲任用賢人，則詩無明文。

大抵毛、鄭之失，在於穿鑿，皆此類也。鄭改「樂」爲「療」，謂飲水療飢，理豈然哉？

本義曰：詩人以陳僖公其性不恣放，❶可以勉進於善，而惜其懦，無自立之志，故作詩以誘進之。云衡門雖淺陋，若居之不以爲陋，則亦可以遊息於其下。泌水洋洋然，若閲之而樂，則亦可以忘飢。言陳國雖小，若有意於立事，則亦可以爲政。以此勉其不能，而誘進之也。其首章既言雖小亦有可爲，其二章、三章則又言，何必大國然後可爲。譬如食魚者，凡魚皆可食，若必待魴、鯉，則不食魚矣。譬如取妻，諸姓之女皆可娶，若必待齊、宋之族，則不取妻矣。是首章之意，言小國皆可有爲，而二章、三章，言大國不可待而得。此所謂誘掖之也。

防有鵲巢

論曰：詩人刺讒之意，予於《采葛》論之矣。鄭以「防之有鵲巢，邛之有旨苕，處勢自然，喻宣公信讒，致此讒人」。其説汗漫，不切於理。若謂處勢自然，則何物不然，而獨引鵲巢、旨苕邪？至於「中唐有甓」，則無所解，蓋理有不通，不能爲説也。

本義曰：詩人刺陳宣公好信讒言，而國之君子皆憂懼及己。謂讒言惑人，非一言一日之致，必由累積

❶「恣放」，通志堂本作「放恣」。

而成，如防之有鵲巢，斯積累成之爾。❶又如苕饒蔓引，牽連將及我也。中唐有甓，非一甓也，亦以積累而成。旨鷊，綬草，雜衆色以成文，猶多言交織以成惑，義與貝錦同。

匪風

論曰：毛傳「發，發飄風」、「偈，偈疾驅」，是矣。而云「非有道之風」、「非有道之車」者，非也。至於「誰能亨魚，溉之釜鬵」，則惟以老子亨小鮮之説解「亨魚」二字。今考詩人之意，云「誰能亨魚」者，是設爲發問之辭，而其意在下文也。毛、鄭止解亨魚，至於「溉之釜鬵」，則無所説，遂失詩人之意。

本義曰：詩人以檜國政亂，憂及禍難，而思天子治其國政，以安其人民。其言曰，我顧瞻嚮周之道，欲往告以所憂，而不得往者，非爲風之飄發，非爲車之偈偈而不安，我中心自有所傷怛而不寧也。其卒章曰「誰能亨魚，溉之釜鬵」者，謂有能亨魚者，必先滌濯其器，器潔則可以亨魚。若言誰能治安我人民，必先平其國之亂政，國亂平，則我民安矣。故其下文又問，誰將西至于周，使其慰我以好音者，謂思周人來平其國亂也。

❶「斯」，通志堂本作「澌」。

候人

論曰：《候人》箋、傳往往得之。至維鵜「不濡其翼」，則毛、鄭各自爲説，然皆不得詩之本義，而鄭猶近之。毛云：「鵜在梁，可謂不濡其翼乎？」詳其語，謂在梁則濡翼矣。此非詩人意也。鄭謂「當濡翼而不濡，爲非常」。考詩之意，謂鵜不宜在梁，如小人竊位爾，其謂不濡其翼爲非常耶？「不遂其媾」，毛、鄭訓「媾」爲「厚」，鄭又以「遂」爲「久」。今偏考前世訓詁，無厚、久之訓。訓釋既乖，則失之遠矣。鄭又謂「天無大雨，歲不熟，則幼弱者飢」，此尤迂濶之甚也。據詩，本無天旱歲飢之事，但以南山朝隮之雲不能大雨，假設以喻小人不足任大事爾，安有幼弱者飢之理？况歲凶，飢人不止幼弱也。鄭箋「朝隮」，其説是矣。至幼弱者飢，則何其迂哉？媾，婚媾也。馬融謂「重婚爲媾」，不知其何據而云也。鄭於注《易》，又以「媾」爲「會」。大抵婚媾，古人多連言之，蓋會聚合好之義也。

本義曰：曹共公遠賢而親不肖，詩人刺其斥遠君子，至有爲候人，執戈祋，以走道路者。而近彼小人，寵以三命之芾，於朝者三百人，因取水鳥以比小人。鵜，鴮澤也，俗謂淘河，常群居泥水中，飢則没水求魚以食者。謂此鵜當居泥水中，以自求魚而食，今乃邈然高處漁梁之上，竊人之魚以食，而得不濡其翼、咮，如彼小人，竊禄於高位，而不稱其服也。其曰「不遂其媾」者，婚媾之義，貴賤匹偶，各以其類，彼在朝之小人，不下從群小，居卑賤，而越在高位，處非其宜，而失其類也。其卒章則言彼小人者，婉孌然佼好可愛，至使之任事，則材力不彊敏，如小人弱女之飢乏者，言其但以便辟柔佞媚悦人，❶而不勝任用也。

鳲鳩

論曰：《鳲鳩》之詩，本以刺曹國在位之人用心不一也。如毛、鄭以鳲鳩有「均一」之德，而所謂「淑人君子」，又如三章所陳，可以正國人，則乃是美其用心均一，與《序》之義特相反也。此由以鳲鳩爲均一之鳥，而謂淑人君子爲詩人所刺之人故也。其既以鳲鳩有均一之德，至於其子在梅、在棘、在榛，則皆無所説者，由理既不通，故不能爲説也。又其三章，皆美淑人君子，獨於中間一章，刺其不稱其服，詩人之意豈若是乎？至爲疏義者，覺其非是，始略言淑人君子，刺曹無此人，而在梅、棘，彊爲之説以附之，然非毛、鄭之本意也。《序》言在位之人，非止曹君，蓋刺其臣事國懷私，不一心於公室爾。

本義曰：鳲鳩之鳥，所生七子，皆有愛之之意。而欲各盡其愛也，故其哺子也，朝從上而下，則顧後其下者爲不足，故暮則從下而上，又顧後其上者爲不足，則復自上而下。其勞如此，所謂用心不一也。及其子長而飛，去在他木，則其心又隨之，故其身則在桑，而其心念其子，則在梅、在棘、在榛也。此亦用心之不一也。故詩人以此刺曹臣之在位者。因思古淑人君子其心一者，其衣服儼然，可以外正四國，内正國人，歎其何不長壽萬年而在位，以此刺今在位之不然也。「胡不萬年」者，已死之辭也。

❶「辟」，原脱，據通志堂本補。

鴟鴞

論曰：毛、鄭於《鴟鴞》失其大義者二，由是一篇之旨皆失。《詩》三百五篇，皆據《序》以爲義，惟《鴟鴞》一篇，見於《書》之《金縢》，其作詩之本意，最可據而易明，而康成之箋與《金縢》之《書》特異，此失其大義一也。但據詩義，鳥之愛其巢者，呼鴟鴞而告之曰，寧取我子，勿毁我室。毛、鄭不然，反謂鴟鴞自呼其名，此失其大義者二也。《金縢》言周公先攝政，中誅管、蔡，後爲詩以貽王。毛、鄭謂先爲冢宰，中避而出，作詩貽王，已作詩，後乃攝政，而誅管、蔡。二説不同。而知《金縢》爲是，毛、鄭爲非者，理有通不通也。武王崩，成王幼，周公攝政，管、蔡疑其不利於幼君，遂有流言，周公乃東征而誅之，懼成王之怪己誅其二叔，乃序其意，作《鴟鴞》詩以貽王。此《金縢》之説也，其義簡直而易明。毛、鄭乃謂武王崩，成王即位，居喪不言，周公以冢宰聽政，而二叔流言。且冢宰聽政，乃是常禮，二叔何疑而流言？此其不通者一也。《金縢》言「周公居東二年，罪人斯得」，謂東征二年而得三監、淮夷叛者誅之爾。毛、鄭乃謂二叔既流言，周公避而居東者二年，又謂「罪人斯得」者，成王多得周公官屬而誅之。且周公本以成王幼，未能行事，遂攝政，若避而居東，則周之國政，成王當自行之，若已能臨政二年，何待周公而歸攝乎？此其不通者二也。刑賞，國之大事也，周公，國之尊親大臣也，使周公有間隙而出避，成王能以周法刑其尊親大臣之屬，周公復歸，其勢必不得攝。且周公所以攝者，以成王幼而不能臨政爾，若已能臨二年矣，有能刑政其尊親大臣之屬，則周公將以何辭奪其政而攝乎？此其不通者三也。矧周公誅管、蔡，前世説者多同，而成王誅周公官屬，六經、諸史皆無之，可知其臆説也。詩謂「我子」者，管、蔡也。「我室」者，周室也。鄭謂「子」者，周公官屬也，「室」者，官屬之世家也，又毛謂「子」爲「成王」，此又其失也。諸儒用《爾雅》謂鴟鴞爲鸋鴂，《爾雅》非聖人之書，不能無失，其又謂鸋鴂爲巧婦，失之愈遠。今鴟多攫鳥子而食，鴞，鴟類也。

本義曰：周公既誅管、蔡，懼成王疑己戮其兄弟，乃作詩以曉諭成王。云有鳥之愛其巢者，呼彼鴟鴞而告之曰，鴟鴞鴟鴞，爾寧取我子，無毀我室，我之生育是子，非無仁恩，非不勤勞，然未若我作巢之難，至於口、手、羽、尾皆病弊，積日累功乃得成此室。以譬寧誅管、蔡，無使亂我周室者，我祖宗積德累仁造此周室，以成王業，甚艱難。其再言鴟鴞者，丁寧而告之也。又云「予室翹翹」，懼爲風雨所漂摇，故「予維音曉曉」者，喻王室不安，懼有動摇傾覆，使我憂懼爾。其他訓詁，則如毛、鄭。

破斧

論曰：《破斧》，箋、傳意同而説異，然皆失詩人本意。毛謂「斧斨，民之用，禮義，國家之用」，其言雖簡，其意謂四國流言，破缺國家之禮義，所以周公征之。且詩人所惡者，本以四國流言毁傷周公爾，況今考詩《序》，並無禮義之説。詩人引類比物，長於譬喻，以斧斨比禮義，其事不類。況民之日用，不止斧斨。爲説汗漫，理不切當，非詩人之本義也。至康成又以斧斨刑傷成王，則都無義類矣。

本義曰：斧斨，刑戮、征伐之用也。四國爲亂，周公征討，凡三年，至於斧破斨缺，然後克之。其難如此。然周公必往征之者，以哀此四國之人陷於逆亂爾。斨刃可缺，斧無破理，蓋詩人欲甚其事者，其言多過。故孟子曰「不以辭害志」者，謂此類也。錡、銶，義與首章同。

伐柯

論曰：毛傳謂「禮義，治國之柄」，又云「治國不以禮，則不安」，至於「所願」、「上下」等語，不惟簡略汗漫而已，考之詩《序》，都無此意。且詩《序》言「刺朝廷之不知」者，謂武王崩，成王幼，周公攝政，三監及淮夷叛，周公出往討之。及罪人既獲，猶懼成王君臣疑惑，乃作《鴟鴞》詩示王，以明己所以討叛之意。而成王未啓金縢，不見周公欲代武王之事，雖得《鴟鴞》之詩，未敢誚公，而心有流言之惑，故周公盤桓居東不歸。於此之時，周之大夫作《伐柯》詩，以刺朝廷不知周公之忠也。康成不然，反謂成王既遭雷風之變，已啓金縢之後，群臣猶不知周公，則與《詩》、《書》之説異矣。且成王已得金縢之書，見周公欲代武王之事，乃捧書涕泣，君臣悔過，出郊謝天，遂迎公以歸，是已知周公矣，群臣復何所惑，而疑於王迎之禮哉？康成區區止説王迎之事，由是失詩之大旨也。

本義曰：「伐柯如何」者，發問之辭也。詩人刺成王君臣，譬彼伐柯者，不知以何物伐之，乃問云：「如何可伐？」而答者曰：「必以斧伐也。」以斧伐柯，易知之事，而猶發問，是謂不知也。取妻必以媒，其義亦然。其卒章又云「伐柯伐柯，其則不遠」者，謂所伐之柯，即手執之柯是也，亦誚其易知而不知，以譬周公近親，而有聖德，成王君臣皆不能知也。又云「我覯之子，籩豆有踐」者，謂欲見之子，非難事，弟列籩豆，爲相見之禮，即可見矣。其如王不知公，使久居於外，而不召何。

九罭

論曰：《九罭》之義，毛、鄭自相違戾，以文理考之，毛説爲是也。《爾雅》云「緵罟謂之九罭」者，謬也，當云「緵罟謂之罭」。前儒解「罭」爲「囊」，謂緵罟，百囊網也。然則網之有囊，當有多有少之數，不宜獨言九囊者是緵罟，當統言緵罟謂之罭。而罭之多少，則隨網之大小，大網百囊，小網九囊，於理通也。九罭既爲小網，則毛説得矣。鴻飛遵渚、遵陸，毛皆以爲不宜於理，近是，而言略不盡其義。且鴻鴈水鳥而遵渚，乃曰不宜，至遵陸，又曰不宜，則彼鴻鴈者，捨水陸皆不可止，當何所止耶？蓋獨不詳詩文「鴻飛」之語爾。鴻鴈喜高飛，今不得翔於雲際，而飛不越水渚，又下飛田陸之間，由周公不得在朝廷，而留於東都也。此是詩人之意爾。至於衮衣，毛、鄭又爲二説。毛云「所以見周公」，意謂斥成王當被衮衣，以見周公。鄭謂成王當遣人持上公衮衣，以賜周公而迎之。其説皆疏且迂矣。且周大夫方患成王君臣不知周公，尚安能賜衮衣而迎之？迎猶未能，東都之人安能使賜衮留封於東都也。❶

本義曰：周大夫以周公出居東都，成王君臣不知其心而不召，使久處於外。譬猶鱒、魴大魚，反在九罭小罟，因斥言周公。云「我覯之子，衮衣繡裳」者，上公之服也，上公宜在朝廷者也。其二章、三章云鴻鴈遵渚、遵陸，亦謂周公不得居朝廷，而留滯東都，譬夫鴻鴈不得飛翔於雲際，而下循渚、陸也。因謂東都之人

---

❶ 「衮」下，通志堂本有「衣」字。

曰，我公所以留此者，未得所歸，故處此信宿閒爾，言終當去也。其曰「公歸不復」者，言公但未歸爾，歸則不復來也。其卒章因道東都之人留公之意云爾。是以有衮衣者雖宜在朝廷，然無以公歸，使我人思公而悲也。詩人述東都之人猶能愛公，所以深刺朝廷之不知也。

狼跋

論曰：據《序》言：「遠則四國流言，近則王不知，而周公不失其聖。」考於《金縢》，自成王啓籥見書之後，悔泣謝天，遂迎公以歸，是已知公矣。而《狼跋》詩《序》，止言王不知，則未啓金縢以前，攝政之初，流言方興，管、蔡未誅，而周公居東都時所作之詩也。康成乃言「致太平，復成王之位，又爲之大師，終始無愆」，皆是已迎公歸後事，與《序》所言乖矣。至於「公孫碩膚」，又以「孫」爲「遁」，謂周公攝政七年之後，遁避成功之大美，而復成王之位。因以遂其謬説，可謂惑矣。毛傳跋胡、疐尾，是矣，而謂公孫爲成王，是豳公之孫，亦已疏矣。且詩本美周公，而毛以謂成王有大美，又不解「赤舄」之義，固知其疏謬也。然毛、鄭皆釋「碩膚」爲「美」，❶此其所以失也。膚，體也；碩，大也。碩膚，猶言膚革充盈也。孫，當讀如「遜順」之「遜」。

本義曰：周公攝政之初，四國流言於外，成王見疑於内，公於此時，進退之難，譬彼狼者進則疐其胡，退

---

❶「毛」，原脱，據文淵閣《四庫全書》本補。

則跋其尾。而狼能不失其猛，公亦不失其正，和順其膚體，從容進退，履舄几几然，舉止有儀法也。然《序》本言周公不失其聖，謂不損其德爾，今詩乃但言和順膚體，從容進退者，蓋以見周公遭讒疑之際，而無惶懼之色，身體充盈，心志安定，故能履危守正而不失爾。其卒章則直言其德不可瑕疵也。

詩本義卷第六

鹿鳴

論曰：《鹿鳴》，言文王能燕樂嘉賓，以得臣下之歡心爾。考詩之意，文王有酒食，以與群臣燕飲，如鹿得美草，相呼而食爾。其義止於如此。而傳云「懇誠發于中」者，衍説也。聖人不窮所不知鳥獸之類，安能知其誠不誠？考上下經文，初無此意，可謂衍説也。其曰「人之好我，示我周行」者，謂示我於周行，恩禮之勤若此爾。古字多通用，示、視義同。而鄭改「示」爲「寘」，遂失詩義。毛傳「德音孔昭」既簡略，未知其得失。鄭引「飲酒之禮，於旅也語」，謂此嘉賓語國君以先王德教，國君以此賓語示天下之民，使其化之，皆不偷於禮義者，非也。且使庶民不薄於禮義，必須君臣漸積教化使然，豈飲酒之際，一言可致？此其曲説也。

考詩之意，使君子則傚我者，謂傚我厚嘉賓也。

本義曰：文王有酒食，能與群臣共其燕樂，三章之義皆然。其首章言「人之好我，示我周行」云者，言我有賢臣，與其同樂，既飲食之，又奏以笙簧，將以幣帛，凡人之欲與我相好者，示我於周行之臣恩意如此爾。其二章云「德音孔昭，視民不恌，君子是則是傚」者，又言我此嘉賓皆有令德之音遠聞，我待之厚禮，所以示民遇此嘉賓不薄之意，使凡爲君子者當則傚我所爲，常厚禮有德者。故其下言又云「我有旨酒，嘉賓式燕以遨」者，謂君子當傚我厚嘉賓也。其卒章之義甚明，不煩曲解。

皇皇者華

論曰：《皇華》《序》及箋、傳皆失之，然其大義僅存也。據《序》，止言「君遣使臣」，❶「遠而有光華」，此但解首章一句爾。其所以累章丁寧之意甚多，不止有光華而已也。其云「送之以禮樂」，則詩文無之，又衍説也。毛、鄭之失，在乎皆用魯穆叔之説爲箋、傳，故其穿鑿泥滯，於義不通也。凡詩五章，悉用此爲解，則一篇之義皆失矣。毛以「懷」爲「和」，初無義理，鄭改爲「私」，用穆叔之説爾。其「忠信爲周，訪問爲咨」，意謂大夫出使，見忠信之賢人，就之訪問。今詩文乃曰「周爰咨諏」，是出見忠信之賢人，止一「周」字，豈成文理？若直以「周」爲「周詳」、「周徧」之「周」，則其義簡直，不解自明也。又曰「訪問爲咨」，則所問何者非事，而獨以「咨諏」爲「咨事」？其下咨謀、咨度、咨詢，非事而何？其又以「謀事之難易爲咨謀」，而穆叔直謂「咨難」爲「謀」，若《書》曰「汝有大疑，謀及卿士庶人」。則凡問於人，皆可曰謀矣。《書》又云：「爾有嘉謀，入告于君。」則又不止問於人爲謀，以事告人亦曰謀矣。其又以「咨禮義所宜爲度」，而穆叔止云咨禮，二説亦自不同。且度，忖度也，施於何事不可，奚專於咨禮義哉？其又以「親戚之謀爲詢」，《書》曰「詢于衆」，豈皆親戚乎？若此之類甚多，故可知其穿鑿泥滯，於義不通，而亡德之説可廢也。據詩首章，直言使臣將命

❶「止」，原誤作「正」，據通志堂本改。

而出，有光華爾。毛、鄭所謂遠近、高下不易其色，亦衍説也。

本義曰：周之國君遣其臣出使，其首章稱美其賢材，能將君命爲國光華于外爾。云「于原隰」者，其道路所經也。既又勉其於事每思，惟恐不及也。懷，思也。其二章以下，則戒其調御車馬，雖有驅馳之勞，不忘國事，周詳訪問，因以博採廣聞，不徒將一事而出也。詩人述此，見周之興國之初，其君臣勤勞於事如此爾。諏、謀、度、詢，其義不異，但變文以叶韻爾。詩家若此，其類甚多。

常棣❶

論曰：毛傳「鄂不韡韡」，但云鄂鄂然光明，其言雖簡，然於義未失。而鄭改「不」爲「拊」，先儒固已言其非矣。且「不韡韡」者，韡韡也，古詩之語如此者多，何煩改字爲「拊」。蓋已言鄂，則足見相承之意矣。毛謂「聞常棣之言爲今」者，蓋嫌作詩之人指當時爲今，而義不通於後，故言後世之誦是詩以相戒者，所誦詩之時即爲今矣，意謂後世之人亦莫如兄弟矣。此義雖不解亦可，在毛氏已爲衍，而鄭又從而爲説，曰「始聞常棣之説」也。如此，則人之恩親無如兄弟之厚。皆衍説也。毛解「原隰裒矣，兄弟求矣」，止言「裒，聚也，求矣，言求兄弟」，於詩雖無所發明，然未爲害義。鄭則不然，且詩止云「兄弟求矣」，而鄭謂「能立榮顯之名」，既於詩無文，箋何從而得此義？又云原隰「以相與聚居之故，故能定高下之名」者，亦非也。且原也、隰也，乃土

❶「常」，原誤作「棠」，據通志堂本改。

地高下之别名爾，土地不動，無情之物，或高或下，不相爲謀，安有相與聚居之理？此尤爲曲説也。毛謂「飲酒之飫」爲私者，燕私之意也，鄭乃云圖非常大疑之事，豈詩人本意哉？惟「不如友生」之説，毛、鄭意同，而皆失。且詩人本欲親兄弟，如毛、鄭之説，則是作詩者教人急難時親兄弟，安平則不如親友生矣。❶

本義曰：作詩者見時兄弟失道，乃取常棣之木花萼相承，韡韡然可愛者，以比兄弟之相親宜如此。因又極陳人情，以謂人之親莫如兄弟，凡人有死喪可畏之事，惟兄弟是念，雖在原、隰廣野，衆聚之中，必求其兄弟，如脊令飛鳴而求其類。此既言兄弟之相親者如是，又言兄弟雖有内鬩者，至逢外侮，猶共禦之。又言當急難時，雖有朋友，但能長歎而無相助者，惟兄弟自相求。如此，及乎喪亂平而安寧，則反視兄弟不如友生。此乃責之之辭，所謂弔其不咸也。由是盛陳籩豆，飲酒之樂，以謂兄弟宜以此相樂，則妻子室家皆和樂矣。使其深思，如此爲是乎。

伐木

論曰：《伐木》，文王之雅也。其詩曰「以速諸父」，毛謂天子謂同姓諸侯曰父。「陳饋八簋」，又以爲天子之簋。則此詩，文王之詩也。伐木，庶人之賤事，不宜爲文王之詩。作《序》者自覺其非，故曰「自天子至于庶人，未有不須友以成者」。且文王之詩，雖欲汎言凡人須友以成，猶當以天子、諸侯之事爲主，因而及於

---

❶「則」，通志堂本作「時」。

庶人賤事，可矣。今詩每以伐木爲言，是以庶人賤事爲主，豈得爲文王之詩？鄭氏云「昔日未居位在農時，與友生爲伐木勤苦之事」者，亦非也。且文王未居位，未嘗在農也。古者四民異業，其他諸侯至於卿、大夫、士，未居位時皆不爲農，亦不必自伐木，庶人當伐木者，又無位可居，以此知鄭説爲繆也。詩云：「伐木丁丁，鳥鳴嚶嚶。出自幽谷，遷于喬木。」又曰：「相彼鳥矣，猶求友聲。矧伊人矣，不求友生。」考詩之意，是鳥在木上，聞伐木之聲，則驚鳴而飛，遷于他木，方其驚飛倉卒之際，猶不忘其類，相呼而去。其在人也，可不求其友乎？其義甚明矣。然果如此義，則是此詩主以鳥鳴求友爲喻爾。至其下章，則了不及鳥鳴之意，但云「伐木許許」、「伐木于阪」，便述朋友之事，與首章意殊不類，蓋失其本義矣。故闕其所未詳。

天保

論曰：《天保》六章，其義一也，皆下愛其上之辭，其文甚顯而易明。然毛、鄭不能無小失。鄭以「俾爾多益」、「以莫不興」爲「每物益多」及「草木暢茂，禽獸碩大」，「川之方至」爲「萬物增多」，皆詩文無之。雖國君受天之福，則當被於民物，然詩既無文，則爲衍説。毛以「公」爲「事」，鄭謂「先公」是矣。若鄭謂群臣舉事得宜而受福禄，亦詩文無之。

本義曰：天之安定我君甚堅固，既稟以信厚之德，則何福不可以除之？「俾爾多益」而衆也。既曰「何福不除」矣，又曰「俾爾戩穀」，又曰無所不宜而受天百禄，又曰「降爾遐福」，其所以殷勤重複如此，而猶曰「維日不足」也。其下章則又欲其國家興盛，如山阜岡陵之高大，如川流之浸長，而又增之。既則又言，非惟天之福我君如此，至于四時豐潔酒食，祀其先公先君，而神亦詒之多福，使民及群黎百姓皆被及之。前既欲其興盛，則又欲其永久，故多引常久不虧壞之物以爲況，曰如日如月之常明，如山之常在，如松柏之常茂。其卒章云「無不或承」者，❶謂上六章之所陳者，使我君皆承之也。大抵此詩六章文意重複，以見愛其上深至如此爾。恒，常也。詩人「爾」其君者，蓋稱天以爲言。

出車

論曰：詩文雖簡易，然能曲盡人事。而古今人情一也，求詩義者，以人情求之，則不遠矣。然學者常至於迂遠，遂失其本義。毛、鄭謂出車于牧以就馬，且一二車邪，自可以馬駕而出，若衆車邪，乃不以馬就車，而使人挽車遠就馬于牧，此豈近人情哉？又言先出車於野，然後召將率，亦於理豈然？其以草蟲比南仲，阜螽比近西戎諸侯，由是四章、五章之義皆失，一篇之義不失者幾何？

本義曰：西伯命南仲爲將，往伐玁狁，其成功而還也。詩人歌其事，以爲勞還之詩，自其始出車，至其執訊獲醜而歸，備述之，故其首章言南仲爲將，始駕戎車出至于郊，則稱天子之命，使我來將此衆，遂戒其僕夫，以趍王事之急難。二章陳其車旗，以謂軍容之盛雖如此，然我心則憂王事，我僕則亦勞瘁矣。三章遂城朔方而除玁狁。其四章、五章則言其凱旋之樂，敘其將士室家相見歡欣之語。其將士曰，昔我出師時，黍稷

❶「不」下，通志堂本有「爾」字。

方華，今我來歸，則雨雪消釋而泥塗矣。我所以久於外如此者，以王事之故，不得安居。我非不思歸，蓋畏簡書也。其室家則曰，自君之出，我見阜螽躍而與非類之草蟲合，自懼獨居，有所強迫而不能守禮，每以此草蟲爲戒。故君子未歸時，我常憂心忡忡，今君子歸矣，我心則降。我所以獨居憂懼如此者，以我君子出，從南仲征伐之故也。其卒章則述其歸時，春日暄妍，草木榮茂，而禽鳥和鳴，於此之時，執訊獲醜而歸，豈不樂哉？由我南仲之功赫赫然顯大，而玁狁之患自此遂平也。

湛露

論曰：據《序》，止言「天子宴諸侯」，而箋以二章爲燕同姓，三章爲燕庶姓，卒章爲燕二王後者，詩既無文，皆爲衍説。由詩有「在宗載考」之言，遂生穿鑿爾。鄭又以露之在物，柯葉低垂，❶喻諸侯有似醉之貌，天子賜爵，則貌變肅敬，有似露見日而晞。何其臆説也？詩但言露「匪陽不晞」爾，初無柯葉低垂之文，鄭何從而得此義？若詩人欲述諸侯似醉之狀，則當以柯葉低垂之意見於文也，今但言露非見日不乾，則非喻似醉之狀矣。天子燕諸侯當以晝，而此詩但言夜飲者，燕禮有宵則設燭之禮，是古雖以禮飲酒，有至夜者，所以申燕私之恩，盡殷勤之意。蓋晝燕常禮不足道，而舉其燕私殷勤之意，以見天子恩禮諸侯之厚，此詩人所以爲美也。

---

❶「柯」上，通志堂本有「使」字。

本義曰：天之潤澤於物者，若雨若雪，若水泉之浸，其類非一，而獨以露爲言者，露以夜降者也，因其夜飲，故近取以爲比云。湛湛之露，潤霑於物，非至曙則不乾，厭厭之飲，恩被於諸侯，非至醉則不止，其義如此而已。其言「在彼豐草」、「杞棘」者，以露之被草木，如王恩被諸侯爾。又云「令德」、「令儀」者，言此與燕之臣，皆有令德令儀爾。其桐、其椅，木之美者，其實離離然，亦喻諸侯在燕有威儀爾。詩人比事，多於卒章別引他物，若《下泉》之詩「芃芃黍苗」之類是也。「在宗載考」，毛傳是矣。

鴻鴈

論曰：詩所刺美，或取物以爲喻，則必先道其物，次言所刺美之事者，多矣，如「關關雎鳩，在河之洲。窈窕淑女，君子好逑」，又如「維鵜在梁，不濡其翼。彼其之子，不稱其服」者是也。詩非一人之作，體各不同，雖不盡如此，然如此者多也。《鴻鴈》詩云：「鴻鴈于飛，肅肅其羽。之子于征，劬勞于野。」以文義考之，當是以鴻鴈比之子。而康成不然，乃謂鴻鴈知辟陰就陽，喻民知就有道，之子自是侯伯卿士之述職者。上下文不相須，豈成文理？鄭於三章所解皆然，則一篇之義皆失也。

本義曰：厲王之時，萬民離散，不安其居。而宣王之興，遣其臣四出于野，勞來、還定、安集之，至于矜寡，使皆得其所。其所遣使臣奔走于外，如鴻鴈之飛，其羽聲肅然而勞其體也。其二章言使臣暫止，爲民營築居室，其暫止於野也，如鴻鴈集于澤爾。其卒章云「哀鳴嗸嗸」者，以比使臣自訴也。其自訴云，哲人知我者，謂我以君命安集流民，而不憚劬勞爾。愚人不知我者，謂我好興役動衆爲驕奢也。或謂據《序》言「美宣王」，而此詩之説但述使臣，疑非本義。且使離散之民還定、安集者，由宣王能遣人，以恩意勞來之也。天子之尊，必不自往，作《序》者不言遣使，以不待言而可知也。復何疑哉？

沔　水

論曰：《序》言「《沔水》，規宣王也」，則是規正宣王之過失爾。今考詩文及箋、傳，乃是刺諸侯驕恣不朝及妄相侵伐等事，了不及宣王也。蓋箋、傳未得詩人之本意爾。

本義曰：宣王中興於厲王之後，諸侯未洽王之恩德，故詩人規戒宣王，以恩德親諸侯。云「沔彼流水，朝宗于海」者，言諸侯朝王，如水朝海，以此規王當容納諸侯，如海納衆水也。「鴥彼飛隼，載飛載止」者，言諸侯之來者，如隼之或飛或止，其或來或不來不可常，又規王宜常以恩德懷來之也。「嗟我兄弟，邦人諸友。莫肯念亂，誰無父母」者，言此同姓、異姓之諸侯，雖不念王室之亂，然誰非父母所生？謂人人皆知親親之恩，又規王若以恩德懷之，則皆親附矣。念亂者，厲王之亂也。「念彼不蹟，載起載行。心之憂矣，不可弭忘」者，謂諸侯不循法度者，王念之載起載行而不安，居不可弭忘者，又規王以不忘懷來之也。「鴥彼飛隼，率彼中陵」者，言諸侯有能循法度者，無使讒人害之，故曰我若親友而敬禮之，則讒言其能興乎？

黄　鳥

論曰：《序》言「《黄鳥》，刺宣王」，而不言所刺之事。毛、鄭以爲室家相去之詩，考文求義，近是矣。其曰「宣王之末，天下室家離散」者，則非也。宣王承厲王之亂，内修政事，外攘夷狄，征伐所向有功，故能恢復境土，安集人民，内用賢臣，外撫諸侯，其功德之大，蓋中興之盛王。然其詩有箴、有規、有誨、有刺者，蓋雖聖人不能無過也。《書》稱成湯改過不吝者，蓋不言無過，言有過而能改爾。宣王之詩，凡二十篇，其興衰撥亂，南征北伐，則《六月》、《采芑》、《江漢》、《常武》是也；恢復文武之業，萬民安集，國富人衆，廢職皆修，則《車攻》、《鴻鴈》、《斯干》、《無羊》是也；慎微接下，任賢使能，則《吉日》、《烝民》是也；親禮諸侯，賞功褒德，則《崧高》、《韓奕》是也；夙興勤政，則《庭燎》是也；遇災而懼，側身修德，則《雲漢》是也。其爲功德盛矣，其所稱美者衆矣，然《庭燎》曰「箴」，《沔水》曰「規」，《鶴鳴》曰「誨」，《祈父》、《白駒》、《黄鳥》、《我行其野》四篇皆曰「刺」者，所謂雖聖人不能無過也。其所任賢臣，如方叔、召虎、尹吉甫、仲山甫之徒多矣。其用人之失者，一祈父爾。其有遺賢，乘白駒而去者，亦一人爾。荒歲多淫昏，亦不歲歲皆然，蓋有大功者，不能無小失也。如《黄鳥》所刺云「此邦之人，不可與處」，則他邦可處矣，是所刺者，一邦之事爾，非舉天下皆然也。孔子删詩，並録其功過者，所以爲勸戒也。俾後世知大功盛德之君，雖小過，不免刺譏爾。而毛、鄭於《白駒》注云「宣王之末，不能用賢」，於《黄鳥》又云「宣王之末，天下室家離散」，如此，則宣王者，有始無卒，終爲昏亂之王矣，異乎聖人録詩之意也。

詩本義卷第七

斯干

論曰：毛於《斯干》，詁訓而已，然與他詩多不同。鄭箋不詳詩之首卒，隨文爲解，至有一章之内，每句别爲一説，是以文意散離，前後錯亂，而失詩之旨歸矣。又復差其章句，章句之學，儒家小之，然若乖其本旨，害於大義，則不可以不正也。鄭謂「秩秩斯干」者，喻宣王之德流出；「幽幽南山」者，喻國富饒，民取足如取於山；「如竹苞矣」者，喻時人民之殷衆；「如松茂矣」者，喻民佼好。又以「兄及弟矣」已下三句，謂時人骨肉相愛好，無相詬病，斷此爲一章。且詩之比興，必須上下成文，以相發明，乃可推據。今若獨用一句，而不以上下文理推之，何以見詩人之意？且如鄭説，則一章都無考室之義。且宣王方戒其臣民，兄弟無相詬病，下章承之，遽言「我似續姜嫄先祖」，初無義理。且詩止云「似續妣祖」，鄭便謂是成廟，不知何以知之。其次句則已别言築寢矣，又隔二章後，謂「如跂斯翼」一章爲成廟，其下一章又復言寢，都無倫次。此所謂文意散離，前後錯亂者也。且「約之閣閣」一章與「如跂」一章，皆是述造屋之事，而鄭輒别「如跂」一章爲廟者，止用「君子攸躋」一句，謂升而祭祀爾。至如《七月》云「躋彼公堂」，又可爲祭祀乎？以此知其繆也。自「下莞上簟」而下四章，直述占夢生子等事，毛、鄭訓釋皆是矣，然不言其旨歸，則何關考室之義也？毛訓「秩秩」於此爲「流行」，於《假樂》則爲「有常」，鄭於他詩又別訓爲「清」，莫知孰是。今以「斯干」義考之，「有常」近是矣。毛訓「猶」爲「道」，鄭於他詩皆訓爲「圖」，爲「謀」，又或爲「尚」，惟爲「圖」、「謀」近是。謀者，事疑未決，心有所慮而言也，蓋言兄弟相親好，無相疑慮而謀爾。鄭又改「猶」爲「瘉」，改「芋」爲「幠」。改字，先儒已知其非矣。毛訓「芋」爲「大」，於義是也。毛、鄭於他詩皆訓「棘」爲「急」，而毛於此詩爲「稜廉」，意頗近而簡難曉，鄭訓爲「戟」，謂「如挾弓矢戟其肘」，迂矣！義當爲急，矢行緩則枉，急則直，謂廉隅繩直如矢行也。鄭又謂「如鳥斯革」云「夏暑希革張其翼」者，迂之甚也。革，變也，謂如鳥驚變而悚顧也。且毛、鄭所以不得詩之本義者，由不以詩爲考室之辭也。古人成室而落之，必有稱頌、禱祝之言，如「歌於斯，哭於斯，聚國族於斯」，「謂之善頌、善禱」者是矣。若知《斯干》爲考室之辭，則一篇之義簡易而通明矣。且《序》但言考室，而詩本無廟事，鄭云宮廟，亦衍説也。

本義曰：宣王既成宮寢，詩人作爲考室之辭。其首章曰「秩秩斯干，幽幽南山。如竹苞矣，如松茂矣」云者，澗也山也，有常處而不遷壞者也，竹也松也，生於其間，四時常茂盛不凋落，草木之壽者也。詩人以成室不遷壞如山澗，而人居此室，常安榮而壽考，如松竹之在山澗也。此所謂頌禱之辭也。其二章曰「兄及弟矣，式相好矣，無相猶矣。似續妣祖，築室百堵，西南其户。爰居爰處，爰笑爰語」云者，謂宣王與宗族兄弟相親好，無疑間，以共承祖先之世不殞墜，得保有此宮寢，以與族親居處、笑語於其中，亦「聚國族於斯」之類也。笑語非一人之所獨爲，必有共之者，謂上所言兄及弟也。其三章乃言工人約之、椓之，施功力以成此室，以蔽風雨而去鳥鼠，然由君子增大而新之也。其四章又言宮寢之制度，其嚴正如人跂而翼翼敬也，其四隅如矢行而直也，其竦起如鳥驚而革也，其軒翔如翬之飛也，謂此室之美如此，宜君子升而居之也。其五章又言其庭平直，其楹植立，晝夜寬明，宜君子居之而安寧也。其六章已下至于卒章，盛陳占夢生子之事者，謂安此寢而生男女，男則世爲王，女則宜人之家室，而不貽父母之憂，亦禱頌之辭也。

無羊

論曰：《無羊》之義，簡而易明，然毛不解「以雌以雄」，使學者何所從？鄭以「爾」爲斥宣王，又謂「衆維魚矣，實維豐年」，❶謂人衆相與捕魚，是歲熟，庶人相供養之祥，「室家溱溱」，爲人之子孫衆多。既不關考牧事，因謂占夢之官獻夢於王。皆失之矣。且一篇之中，所「爾」者皆是牧人，豈特於無羊、無牛爲「爾」宣王？鄭亦何從而知此「爾」宣王，而彼「爾」牧人邪？「以雌以雄」，鄭爲牧人搏禽獸，迂矣。據詩「衆維魚矣」，但言魚多爾，何有捕魚之文？及人之子孫衆多，皆不關牧事。詩人本爲考牧，不應汎言獻夢。而爲鄭學者遂附益之，以爲庶人無故不殺雞豚，惟捕魚以爲養。此爲繆説，不待論而可知。《鴟鴞》曰「余未有室家」，則鳥獸以所居爲室家矣。牛羊牢闌，亦其室家也。

本義曰：宣王既修厲王之廢，百職皆舉，而牧人所掌，牛羊蕃息。詩人因美其事，呼牧人而告之曰：「誰謂爾無牛羊乎？其數若此之多也。」其曰「以薪以蒸，以雌以雄」者，謂牛羊在野，牧人有餘力於薪蒸，而牛

❶「實維」，原誤作「維此」，據通志堂本改。

羊以時合其牝牡。所以云此者，見人畜各遂其樂也。魚之爲物，生子最多，故夢魚者占爲豐年。歲無水旱，則野草茂而畜牧飽，❶此牧人之樂也。「室家溱溱」，謂牛羊蕃息衆多也。

節南山

論曰：作詩《序》者，見其卒章有「家父作誦」之言，遂以爲此詩家父所作，此其失也。考詩之言，極陳幽王任大師，致王政敗亂，號天仰訴，斥責其君臣，無所隱避。卒乃自言作此詩以窮極王之致亂之本，欲使王心化其言以遷善。然則家父者，果何人哉？至於君臣之際，無所忌憚，直指其惡而自尊其言，雖施於賢王，猶恐不可，況於幽王昏亂之主？使家父有知，其言不如是也。詩言民畏其上，不敢戲談，豈有作詩之人，極斥其君臣過惡，極陳其亂亡之狀，而自道其名字，又顯言我究窮王之致亂之由，與不敢戲談之義頓乖，此不近人情之甚者。又自稱其字曰家父，按《春秋》桓十五年，天王使家父來求車，距幽王卒之年至桓王卒之年，七十五歲矣，然則幽王之時，所謂家父者，不知爲何人也。說者遂謂幽王之時有兩家父，又曰父子皆字家父。此尤爲曲說也。或云乃求車之家父爾，至平王時始作詩也。此亦不通。要在失於以家父作此詩，遂至衆說之乖繆也。且追思前王之美以刺今，詩多矣，若追刺前王之惡，則未之有也。蓋刺者，欲其改過，非欲暴君惡於後世也。若追刺前王，則改過無及，而追暴其惡，此古人之不爲也。故言平王時作詩刺幽王者，亦

❶「飽」，通志堂本作「肥」。

不通也。按《詩》三百五篇，惟「寺人孟子」自著其名，而《崧高》、《烝民》所謂「吉甫作誦」者，皆非吉甫自作之詩。夫所謂誦者，豈得以爲詩乎？訓詁未嘗以「誦」爲「詩」也。詩云「誦言如醉」，蓋誦前言而已。然則作《節南山》詩者，不知何人也，家父爲作詩者所述爾。今《序》既失之，非毛、鄭之過也。毛、鄭於此詩大義得之，而不免小失。所謂「憯莫懲嗟」，如鄭注以「憯莫懲」爲一句，「嗟」字獨爲一句，於義豈安？「不弔昊天」，毛訓「弔」爲「至」，鄭又轉解「至」爲「善」，皆失之。「不自爲政」，鄭意爲民怪天不自出政教，既而自覺其非，又言天不出圖書，有所授命。不惟怪妄，且詩意本無。至於「駕彼四牡，四牡項領。我瞻四方，蹙蹙靡所騁」，本是一章，而鄭注分爲兩義，蓋不得詩人之本意也。

本義曰：大師尹氏，爲下民所瞻，而爲治不平，致王政亂，民被其害。大義毛、鄭皆得之，其十章之所失者五。一曰「憯莫懲嗟」者，謂民無善言，而莫有懲艾嗟閔者爾。二曰「不弔昊天」者，言昊天不弔哀此下民，而使王政害民如此也。三曰「不自爲政」者，責幽王不自爲政，而使此尹氏在位，致百姓於憂勞也。四曰「駕彼四牡，四牡項領。我瞻四方，蹙蹙靡所騁」云者，作詩者言我駕此大領之四牡，四顧天下，王室昏亂，諸侯交爭，而四方皆無可往之所。五曰「家父作誦」云者，作《節南山》詩者，既已具陳幽王任用大師之失，致民被其害矣，其卒章則曰有家父者，常有誦言，以究王之失，庶幾王心化善，而能畜萬邦也。詩之本意如此爾。

正　月

論曰：《正月》之詩十三章，九十四句，其辭固已多矣，然皆有次序。而毛、鄭之説繁衍迂闊，而俾文義散斷，前後錯雜。今推著詩之本義，則二家之失不論可知。惟其爲大害者，如毛、鄭解「瞻烏」之意，則《正月》者，乃大夫教其民叛上之詩也。毛謂「父母」爲「文武」，鄭謂「彼有旨酒」爲「尹氏大師」，皆詩無明文，二家妄意而言爾。鄭又謂車載二章「以商事喻治國」者，亦非也。蓋以覆車喻覆國爾，不必商人之車也。詩曰「不自我先，不自我後」，謂適丁其時爾。鄭謂「苟欲免身」，而後學者因益之曰「寧貽患於父祖子孫，以苟自免」者，豈詩人之意哉？烏，巢鳥也，當止於林木，屋非烏所止也，止屋則近禍，以譬君子仕亂邦，非所宜處，而將及禍也。毛、鄭之意不然，謂烏擇富人之屋而集，譬民當擇明君而歸之。是爲大夫者，無忠國之心，不救王惡，而教民叛也。幽、厲之詩，極陳怨刺之言，以揚君之惡，孔子録之者，非取其暴揚主過也，以其君心難革，非規誨可入，而其臣下猶有愛上之忠，極盡下情之所苦，而指切其惡，尚冀其警懼而改悔也。至其不改悔而敗亡，則録以爲後王之戒。如毛、鄭「瞻烏」之説，異乎孔子録詩之意矣。

本義曰：其一章云「正月繁霜，我心憂傷。民之訛言，亦孔之將」云者，降霜非時，天災可憂，而民之訛言，以害於國，又甚於繁霜之害物也。又曰「念我獨兮，憂心京京。哀我小心，癙憂以痒」云者，大夫言己獨爲王憂爾，以見幽王之朝多小人，而君臣不知憂懼也。其二章云「父母生我，胡俾我瘉？不自我先，不自我後」云者，言父母生育我，猶不欲使我有疾病，而乃遭罹憂患如此，蓋適丁其時爾。其曰不自我先後者，直歎己適遭之爾。又曰「好言自口，莠言自口。憂心愈愈，是以有侮」云者，刺王但見人言從口出，而不分善惡，而我爲之憂，是以見侮慢也。其三章曰「憂心惸惸，念我無禄。民之無辜，并其臣僕。哀我人斯，于何從禄？瞻烏爰止，于誰之屋」云者，大夫懼禍，思去其位也。「念我無禄」者，念，思也，思毋食其禄也。所以然者，見時人民無辜，并其臣僕濫及於刑罰，所以懼而思去也。既自爲謀，而又哀他人之居禄位者，如烏止於人屋，處非所安，而將及禍也。其四章曰「瞻彼中林，侯薪侯蒸。民今方殆，視天夢夢。既克有定，靡人弗勝。有皇上帝，伊誰云憎」云者，道民怨訴於天之辭也。云人之乏薪蒸者，瞻彼中林，則往得所欲，今民方危殆而仰瞻，天則夢夢然而無所告，若天能有定意，則何人不可禍罰之？然此訛言亂國之民不見禍罰，而使危殆之民反被其害，彼皇皇上帝，果憎誰乎？此怨訴之言也。其五章曰「謂山蓋卑，爲岡爲陵。民之訛言，寧莫之懲」云者，言人勿謂山爲卑，不能阻險，以致傾覆。此山至卑，止爲岡陵，亦能使人傾覆，言不可忽也。然則訛言之人，其可忽爲無害而莫之懲乎？又曰「召彼故老，訊之占夢。具曰予聖，誰知烏之雌雄」者，意謂烏之雌雄，尚不能知，其能知我夢之吉凶乎？此驕昏之主侮慢老臣之辭也。凡禽鳥之雌雄，多以其首尾毛色不同而别之，烏之首尾毛色，雌雄不異，人所難别，故引以爲言。其六章曰「謂天蓋高，不敢不局。謂地蓋厚，不敢不蹐。維號斯言，有倫有脊。哀今之人，胡爲虺蜴」云者，大夫既戒王無忽訛言而不懲，因又戒其小人曰，汝無恃王不懲汝，譬猶謂天高去人雖遠，謂地厚託足雖安，然不可不局蹐而畏懼者，天有時而降禍殃，地有時而致淪陷。言天地猶如此，宜常畏懼王之恩私難恃也。我之斯言甚有倫理，而哀爾訛言之人，聞我正言則走避，如虺蜴見人輒走。然大夫所哀之人，蓋指訛言之小人也。其七章曰「瞻彼阪田，有菀其特。天之扤我，如不我克。彼求我則，如不我得。執我仇仇，亦不我力」云者，大夫自傷獨立於昏朝之辭也。五章既陳戒王之意，六章又戒小人而不見聽，因自傷獨立而無助。云瞻彼阪田之苗，有特立者，乃菀然而茂盛，今我獨立於昏朝，而勢傾危，天之扤我，惟恐不傾折也。又云彼有欲求我相則傚者，又不與我相遭，其與我同列而耦居者，又不出力助我也。云「天之扤我」者，君子居危，推其命於天也。古言謂「耦」爲「仇」，其複言「仇仇」者，猶昔言「兩兩」，今言「雙雙」也。大夫既傷獨力，而知其無如之何，故於下章遂及亡國之憂，然猶欲救之也。其八章曰「心之憂矣，如或結之。今茲之正，胡然厲矣。燎之方揚，寧或滅之。赫赫宗周，褒姒威之」云者，言我心之憂如結，而國之政何其惡也。正、政，古用字多通，而毛訓爲「長」，非也。又言火燎于原，其勢盛，若不可嚮，而猶或有撲滅之者，周雖赫然，而必爲褒姒所滅也。作詩時，周實未滅，而云滅之者，鄭箋是矣。詩上七章皆述王信訛言亂政，至此始言滅周主於褒姒者，謂王溺女色而致昏惑，推其禍亂之本，以歸罪也。其九章曰「終其永懷，又窘陰雨」云者，謂欲以車棄其輔而覆其載，喻王將傾覆其國，故先言陰雨者，謂車遭雨水泥濘，而又棄其輔，則必覆爾。既覆而求助，則不及矣。其十章又戒其無棄爾輔，而益其輻，又顧其僕，使不覆所載者，謂駕車者當如此，猶恐覆敗，而今乃履絶險而不以爲意，則宜其覆矣。此又喻王不知戒慎以覆國也，所謂猶欲救之之辭也。其十一章曰「魚在于沼，亦匪克樂。潛雖伏矣，亦孔之炤。憂心慘慘，念國之爲虐」云者，大夫既憂國之將亡，又自傷將及於禍之辭也。水，魚所樂也，而池沼近人，常易得禍，故曰匪樂。雖潛藏隱伏，而以近人，終被獲也。以比身仕亂邦，無所逃禍也。其曰「念國爲虐」者，意謂國君爲虐政，而我仕於亂邦也。其十二章曰「彼有旨酒，又有嘉肴。❶洽比其鄰，昏姻孔云。念我獨兮，憂心慇慇」云者，大夫既自傷將及禍，而又哀彼衆人不知危亡可憂，而猶有以酒肴與其鄰里親戚爲樂者，

---

❶「肴」，通志堂本作「殽」。

而我獨憂也。其十三章曰「佌佌彼有屋，蔌蔌方有穀。民今之無禄，天夭是椓。哿矣富人，哀此惸獨」云者，言彼佌佌之小人，蔌蔌之貧陋者，初猶有屋、穀以生，而今民無禄食，天又夭害之，國君既不能卹矣，彼富人之有餘者，尚可哀此惸獨而卹之也。大夫憂國者，陳禍亂，述危亡，戒其君及其民，備矣。知其無可奈何矣，反告富人以哀惸獨，此窘窮苟且之急辭也，故以爲卒章。

十月　雨無正　小旻　小宛

論曰：君子之所以貴於衆人者，衆人之惑，君子辨之，而世取信焉，是不可以不慎也。故至於有所疑，則雖聖人猶或闕焉者，慎之至也。吾於《十月之交》、《小旻》、《小宛》，正其失而從其是者，於「浩浩昊天」，置之而不敢辨者，闕其所疑也。此四詩者，毛氏皆以爲刺幽王，鄭氏皆以爲刺厲王，而後世惑焉。鄭謂《十月》爲刺厲王者，以「番維司徒」、「豔妻煽方處」及七子以后寵亂政知之也，其言幽王時，鄭桓公友爲周司徒，而非番也。按幽王在位十一年，至其八年，始以友爲司徒，其前七年，安知無番爲司徒也？就使番不爲幽王司徒，安知其爲厲王司徒也？毛以豔妻爲褒姒，而鄭謂褒姒非王后，不得稱妻，遂以豔妻自是厲王之后。就使褒姒不稱妻，亦安知豔妻爲厲王后也？按《史記》載厲王之事，惟云好專利，任用榮夷公，又使衛巫監謗，得謗者而殺之，拒芮良夫、召公等諫，又云「暴虐侈傲」而已。若使豔妻用事，以致流亡，則不得略而不載也。厲王出奔于彘十四年，《本紀》惟言太子静留匿召公家，而不言王后所在及其姓氏始末。前世諸書皆無之。使厲王由豔妻以致亂亡，不應前世都没而不見。既無所見，鄭氏何從而知之？據詩列皇父、卿士至于豔妻，此八人者，皆是用事亂政之人爾，而鄭氏乃以七子者皆是后之親黨。且詩無后黨之文，而豔妻姓氏本末尚皆不可知，而七子者安知皆爲后黨？是三者皆臆説之繆妄者也。厲、幽皆昏亂之王也，其及於禍也亦然。《小宛》之詩，據文求義，施於厲、幽皆可，雖鄭氏亦不能爲説，以見非刺厲也。而爲鄭學者强附益之，乃云四詩之《序》皆言大夫刺，既以《十月》爲刺厲王，則《小旻》、《小宛》從可知。然則《正月》不云「大夫刺」乎，安得獨爲刺幽王也？又云《小旻》、《小宛》，其卒章皆有怖畏恐懼之言，似是一人之作。夫以似是而爲必然之論，此不待攻而可破也。或問《十月之交》從毛爲刺幽可矣，《旻》、《宛》施於厲、幽皆可，而子亦從毛爲刺幽而不疑者，何也？曰：邑中失火，邑人走而相告曰：「火起某坊。」郊野道路之人望而相語曰：「火在某坊。」則誰從乎？若以邑人之言爲非，而郊野道路之言爲是者，非人情也。毛氏當漢初興，去《詩》猶近，後二百年而鄭氏出，使其説有可據，而推理爲得，從之可矣。若其説無據，而推理不然，又以似是之疑爲必然之論，則吾不得不捨鄭而從毛也。或者又曰，然則《雨無正》亦可以從毛矣，何疑而闕焉？曰：使毛於詩《序》但云「浩浩昊天」刺幽王，則吾從之矣，其曰《雨無正》，則吾不得不疑而闕。古之人於詩，多不命題篇，而篇名往往無義例。其或有命名者，則必述詩之意，如《巷伯》、《常武》之類是也。今「雨無正」之名，據《序》曰「雨自上下者也，言衆多如雨而非政也」，此述篇中所刺，厲王下教令，繁多如雨，而非正爾。今考詩七章，都無此義，與《序》絶異。其第一章言天降饑饉於四國及無罪之人，淪陷非辜爾。自二章而下，皆言王流于彘已後之事。且王既出奔，宣王未立，周、召二公攝政，十四年而王卒崩于外，是厲王不復爲政久矣，安有教令所下如雨之多者乎？况詩六章如毛、鄭箋、傳，悉是刺周之大夫、諸侯不肯從王出居，而無人夙夜朝夕事王于外，及在位之人不能聽言而不畏天命等事爾，殊無一言及於教令自上而下之意。然則「雨無正」不爲「昊天」之《序》，決可知也。獨不知何爲而列於此，是以闕其所疑焉。《十月》、《小旻》，鄭氏差其時世及七子、豔妻之失，吾既已詳之矣，其餘箋、傳之説，皆得詩人之意。惟《小宛》箋、傳之失，不可以不論正其本義。

論曰：幽王，亡國之君，其罪惡非一。而作詩以刺王者亦非一人，故各陳其事而刺之，不必篇篇徧舉其惡也。《小宛》所刺，據文求義，是大夫刺王不能勉强以繼先王之業，而驕昏醉酒，使下民多陷罪罟，而君子憂懼不安，其大旨勸王勉强之詩也。而毛解「鳴鳩」、「戾天」，謂「行小人之道」，❶不可「責高明之功」，正與詩人之意相反。又謂「先人」爲「文武」，亦疏矣。而後之學者，既以先人爲文武，而「有懷二人」又爲文武，不應重複其言而無他義也。鄭以螟蛉之子比萬民，亦疏矣。至以日邁、月征爲視朝、視朔，及謂岸獄中人持粟出卜，皆繆論也。卜者，決疑之謂也，有疑而問謂之卜。毛以交交爲小貌，亦初無義理。交交者，參雜相亂之謂也。鄭於《甫田之什・桑扈》詩以交交爲飛往來貌，是也。

本義曰：大夫刺幽王敗政，不能繼先王之業。其曰「宛彼鳴鳩，翰飛戾天」云者，謂此鳩雖小鳥，亦有高飛及天之志，而王不自勉强奮起，曾飛鳩之不如，以墜其先王之業，故曰「念昔先人」，謂思宣王也。其曰「有懷二人」者，以下章所陳二人刺王，云人誰不飲酒，一人則齊肅通明，雖飲而温克，一人則昏然無知，但以沉醉苟一日之樂，謂王也，因戒之，使無耽此樂，宜敬天命之無常也。既以此語警之，則又勸勉之。云中原有

❶「之」，原脱，據通志堂本補。

菽，庶民皆可採，往者無不得也，世有善道，凡人皆可爲，爲則得之矣，王何獨不爲也。又言人性雖惡，可變而爲善，譬如螟蛉之子，教誨之，則可使變其形而爲蜾蠃子也。既勸勉之，則又告其速自改悔。云譬如脊令，且飛且鳴，自勤其身，不少休息，今日月之行甚速，不可失時，王亦宜夙夜汲汲勉厲，庶無忝辱於先王。云「所生」者，亦謂宣王也。其下二章，則言小人、君子所苦，以見舉國之人，今皆失所也。謂彼桑扈食肉之鳥，今無肉以食，則相與群飛，雜亂循場而争粟，有如國人失其常業，而至於窮寡，乃相與爲争訟，而入於岸獄。云「宜」者，謂其勢不得不然也。王又愚暗，不曉民事，至乃握粟問人云：「此粟自何而能得成穀？」謂其不知稼穡之艱難，猶今世誚愚人云「菽麥不分」是也。王既驕昏如此，則其君子立於朝者如集于木，危懼而不安，又如臨谷、履冰，常憂殞陷也。

詩本義卷第八

巧　言

論曰：據《巧言·序》，是大夫刺幽王信讒之詩。而鄭於首章，解爲刺王傲慢無法度，二章以下所斥君子，又皆以爲在位之臣，則與《序》文異矣。毛訓「幠」爲「大」，鄭訓爲「傲」，據詩言亂如此大，則義可通，若云亂如此傲，豈成文理？「曰父母且」，且，當爲語助，鄭音「苟且」之「且」，言王即位，且爲民父母，其後乃刑殺無罪。非惟學者附益以增鄭過，就令只依鄭説，「曰父母且」「苟且」之「且」。亦豈成文理？鄭又以「寢廟」、「大猷」、「他人有心」與「毚兔」共爲一章，言四事各有所能。乃以田犬之能擬聖人之能，不惟四事不類，又殊無旨歸。蓋由誤分章句，失詩本義，故其説不通也。「委委」、「蛇蛇」，古人常語，乃舒遲安閑之貌，毛訓爲「淺意」，不知其何所據也。

本義曰：幽王信惑讒言以敗政，大夫傷己遭此亂世，而被讒毁，乃呼天而訴曰，悠悠昊天，爲我父母，我無罪辜，而使我遭此大亂之世，我畏天之威已太甚矣，實謹慎不敢有罪辜也。此首章之義，大夫先自訴也。其二章、三章，遂述幽王信讒致亂之事。其四章曰「奕奕寢廟，君子作之。秩秩大猷，聖人莫之。他人有心，予忖度之」云者，寢也，廟也，衆工之所成也，然規爲制度，本於君子，是君子者皆知衆工之事也。先王之大道，聖人之所謨也。意謂聰明之人，下通小人之賤事，上達聖人之大道，無所不知。而至於忖度常人之心，則不待聰明者，雖予亦能之。蓋歎幽王獨不能，而爲讒邪所惑也。予，作詩之人自謂也。其五章「躍躍毚兔，遇犬獲之」云者，以狡兔比狡惡之人，王所當誅也。「荏染柔木，君子樹之」云者，以柔木比柔善之人，王宜愛護，使得樹立，勿縱讒邪傷害之也。「往來行言，心焉數之」云者，謂往來行路之言，焉足聽納於心也。其六章曰「蛇蛇碩言，出自口矣。巧言如簧，顔之厚矣」云者，謂讒人能言，然徐緩敢爲大言，出口而無忌憚，又善悦人聽，其美如笙簧，而顔不慙愧，使人易惑而難辨也。其二章、三章及卒章，箋、傳粗得其義，學者可推而通，不煩論著，惟「君子」當爲斥幽王爾。

何人斯

論曰：古詩之體，意深則言緩，理勝則文簡。然求其義者，務推其意理。及其得也，必因其言，據其文以爲説，捨此則爲臆説矣。鄭於《何人斯》，爲蘇公之刺暴公也，不欲直刺之，但刺其同行之侶，又不欲斥其同侶之姓名，故曰何人斯。然則首章言「維暴之云」者，是直斥暴公，指名而刺之，何假迂回以刺其同侶，而又不斥其姓名乎？其五章、六章義尤重複，鄭説不得其義，誠爲難見也。今以下章之意求之，則不遠矣。但鄭以「何人」爲「同侶」，則終篇之語無及暴公者，此所以不通也。古今世俗不同，故其語言亦異。所謂魚梁者，古人於營生之具，尤所顧惜者，常不欲他人輒至其所，於《詩》屢見之，以前後之意推之可知也。詩曰「毋逝我梁」者，《谷風》、《小弁》皆有之。《谷風》，夫婦乖離之詩也，其棄妻之被逐者爲此言矣。《小弁》，父子乖離之詩也，於太子宜臼之被廢，又爲此言矣。「胡逝我梁」者，《何人斯》有之，此朋友乖離之詩也，於蘇公之被譖，其語又然。然則詩人之語，豈妄發邪？蘇、暴二公事迹，前史不見，今直以詩言文義首卒參考，以求古人之意，於人情不遠，則得之矣。《谷風》、《小弁》之道乖，則夫婦、父子恩義絶而家國喪。何獨於一魚梁而每以爲言者，假設之辭也。詩人取當時世俗所甚顧惜之物，戒人無幸我廢逐，而利我所有也。蘇公之意亦然。由是而求之，《何人斯》之義見矣。

本義曰：「彼何人斯」者，斥暴公也。「其心孔艱」者，心傾險而不平易也。「胡逝我梁」者，欲利我所有也。「不入我門」者，與我絶也。「伊誰云從？惟暴之云」者，謂聽譖者伊誰乎？乃惟暴公之言是從。其二章曰「二人從行，誰爲此禍？胡逝我梁，不入唁我？始者不如今，云不我可」者，意謂借有二人相從，則我不知果誰爲譖我者，今爾何利我梁而不入弔我之被譖，又今待我不如初，則爾爲譖我者可知而不疑。其三章云：「胡逝我陳？我聞其聲，不見其身。」❶陳，堂塗也，蓋言其又進而陰窺其家私矣。而蘇公者，自省内無所愧畏，不懼其來窺爾。其四章云不自北自南者，歎已適遭之也。飄風，取其無形而中人，有似譖言爾。其下章則述與暴公俱仕王朝，相從出入親好之意。云爾所安行，我亦不遑舍而從爾，爾所亟行，爾車既脂，吾已從爾也。言或緩或急，有一于此，惟爾之從，云何敢告病。又云爾還而入我室，則我心安，還而不入我

❶ 「身」，原誤作「人」，據通志堂本改。

室，則我莫知何故而致爾不入也。其或入或不，❶有一于此，常使我心病之也。言我待爾之勤，惟恐相失也。其下章又言我與爾相親愛，而相應和如兄弟之吹塤、篪，相聯比如貫索，而爾不我知。捨此三物，不足以喻我心，則惟當與爾詛其不信爾。三物，謂塤也、篪也、貫也。其卒章則極道其事，云汝隱匿形迹，能使我不見不覺，如鬼蜮之肆害於人乎？我則不得而知汝。今汝乃人爾，日以面目與我相視，無窮極，不可隱藏，我安得不知汝之譖我乎？故我作此與汝相好之歌，以究極爾反側之心。

蓼莪

論曰：《蓼莪》之義不多，毛傳特簡，鄭氏之失，惟以視「莪」爲「蒿」，以文害辭，此孟子之所患也。又以缾、罍比貧富之民，非詩人之本意，以下文推之可見。飄風非取其寒，亦非詩意也。其以「終養」爲「病亡之時」，滯泥之甚矣。

本義曰：周人苦於勞役，不得養其父母者，見彼蓼蓼然長大者，非莪即蒿，皆草木之微者，其茂盛如此者，由天地生育之功也。思我之生也，父母養育我者，亦劬勞矣，而我不得終養以報也。缾、罍，物之同類也，此述勞苦之民，自相哀之辭也。其曰「鮮民之生」者，言不遂其生，不如死也。「南山烈烈」，望之可畏也。「飄風發發」，暴急而中人也。言王威虐可畏，而暴政害人，我獨罹之也。

---

❶ 「不」下，通志堂本有「入」字。

大東

論曰：鄭氏以「有饛簋飧」爲「客始至，主人所致之禮」，又以公子發幣於周之列位，而責周人無反幣，自「天漢有光」以下至卒章，喻王置官司而無督察之實。皆非詩人之本義也。據《序》，本爲譚人遭幽王之時，困於役重而財竭，大夫作詩以告病爾。亦何暇及於主人爲客致飧，使還反幣等事？且謂王置官司而無督察之實，了不關役重財竭之意。若但言督察官司，施於何詩不可？又若必刺官司失職，則日月星辰名職至多，宜舉其大而要者，義與王官相近，方可以爲善譬。今詩所舉，止於掩兔、簸揚、挹酒漿之類，又其下無文，莫見王官之義。蓋鄭氏不得詩人本義，故其爲説汗漫而無指歸。其以「天漢有光」屬「鞙鞙佩璲」爲一章，分「雖則七襄」以下爲别章。使詩不分章則已，若果分章，則當有義類。今毛、鄭所分章次，以義類求之，當離者合之，當合者離之，使章句錯亂。然不繫詩義之得失，學者自求之可見矣。

本義曰：《大東》之首章曰「有饛簋飧，有捄棘匕」者，足於豐饒之辭也。譚人得以自足者，由周道平直而賦役均也。周之君子履行此道，使下民視而有所賴也。大夫反顧昔時，譚人蓋嘗如此。所以潸然出涕者，傷今不然也。其二章遂言，今則王政偏而賦役重，無小無大，皆取於東，使譚人杼軸皆空，至於窮乏，以葛屨而履霜，其公子佻佻然奔走於周行，其祗役往來頻數，使其力疲而心病也。其三章者，告病之辭也。謂彼刈薪者，爲水浸而腐壞，尚可載刈，❶若斯人者，勞苦而困弊，則將死矣，故云可以休息之也。其四章則言東人困苦如此，王官無以其職來撫勞之者，而周人方事侈富，潔其衣服以相誇，至於操舟之賤，亦衣熊羆之裘，而私家之人，皆備百官而禄食。其五章則刺王多取於下而濫用也。言當飲漿者，今飲酒矣，佩玉之人皆不材，而冗食矣，其横費如此，所以致周之重斂也。其六章以下，皆述譚人仰訴於天之辭也。其意言我民困矣，天之雲漢有光，亦能下監我民乎？其不言日月之明，而言雲漢之光者，謂天不能下監也。又言天雖有織女，不能爲我織而成章，雖有牽牛，不能爲我駕車而輸物。其七章又言雖有啓明、長庚，不能助日爲晝，俾我營作，雖有天畢，不能爲我掩捕鳥獸。其八章又言雖有箕，不能爲我簸揚糠粃，雖有斗，不能爲我挹酌酒漿。其意言我譚人困於供億，其取資於地者皆已竭矣，欲取於天又不可得也。其卒章則又言，箕斗非徒不可用而已，箕張其舌，反若有所噬，斗西其柄，反若有所挹取於東也。是皆怨訴之辭也。其餘訓解，則毛、鄭多得，學者當自擇之。

四　月

論曰：毛、鄭於《四月》之義，小小得失皆不足論，惟以「先祖匪人」爲作詩之大夫斥其先祖，此失之大者也。且大夫作詩，本刺幽王任用小人，而在位貪殘爾，何事自罪其先祖？推於人情，決無此理。凡爲人之

---

❶「刈」，通志堂本同，疑爲衍文。

先祖者，積善流慶於子孫而已，安知後世所遭者亂君歟，治君歟？ 今此大夫不幸而遭亂世，反深責其先祖，以人情不及之事，詩人之意決不如此。 就使如此，不可垂訓，聖人删詩，必棄而不録也。 鄭之所失，於此尤多。 詩曰「滔滔江漢，南國之紀」，直謂江、漢紀率南國之衆川，以朝宗于海爾，而鄭氏以爲比吴、楚之君。 且詩人本患下國之構禍，豈可反稱吴、楚僭叛之君以爲美？ 於理豈然？ 矧考詩文無之，此亦其失之大者。 詩予，當爲「予奪」之「予」，鄭以「予」爲「我」，是以其説莫通也。《書》曰：「官不必備，惟其人。」謂惟其才也。 詩所謂匪人者，言非才也。 古之仕者世禄，故詩人刺在位貪殘之臣，自其先祖以來，任非其才爾。 凡言任才非其人者，譬有能治水之人，使之爲治木之官，是任非人也。❶ 而鄭氏直以謂非人者，身非是人也，故云是人則當知患難。 昔之通儒執文害義，蓋有如此。 或謂詩人但當刺時在位之臣，何必遠及其先祖。 曰：作詩者人人意異，《四月》之詩以寒暑爲喻，故推其初始，而言見事皆有漸，不圖之於早也。 考其三章之次第，可以見矣。

本義曰：周大夫刺幽王之臣在位者，貪殘刻剥於其下，使民物耗竭，如草木凋盡於秋冬。 乃於首章先本其事，云自四月夏暑氣盛，至六月盛極當退，於此之時，萬物已有將衰之漸，而人未見也，如彼世禄在位之臣，自其先祖以來，所任已非其人，當時何安然忍予之禄位者，蓋未見其害。 其二章遂言，貪殘之政使民物傷耗，如秋日之淒然使百草俱病也。 其三章則極言民物窮竭，如冬日寒風凛冽暴急，而萬物凋盡也。 其曰

❶ 「非」下，通志堂本有「其」字。

「亂離瘼矣，爰其適歸」者，民被患淺，猶思有所歸以苟免也。又曰「民莫不穀，我獨何害」者，民被患愈深，則其辭愈緩，蓋知其無如之何，但自傷歎而已，而云民誰不有生，我獨何爲及此害也。詩人於此三章，言有次第，蓋如此也。其曰「山有嘉卉，侯栗侯梅」者，又言貪殘之臣害物廣也，謂如採於山者，但知貪取栗、梅，不知其下美草皆被蹂踐而殘賊也。其曰「相彼泉水，❶載清載濁。我日構禍，曷云能穀」者，謂此泉水澄之則清，撓之則濁，譬彼諸侯可使爲善，可使爲惡，而彼貪殘之臣，日自構怨亂之禍於下國，亦何由使其爲善。其曰「滔滔江漢，南國之紀」者，勉其下國之辭也。謂此江、漢二大川，總納南方之衆水，滔滔而流，以歸乎海，故能爲南國之紀。汝下國之諸侯，當盡瘁以事周，相率而尊天子，則土地爵禄何所不有也。其下二章，則哀其人民之辭也。謂其欲去，則不如魚鳥有所逃避；欲居，則不如草木之依山隰，得遂其生也。

小明

論曰：《小明・序》云：「大夫悔仕於亂世也。」鄭謂：「名篇曰《小明》者，❷言幽王日小其明，損其政事。」據詩，終篇但述征行勞苦，畏於得罪，不敢懷歸之事，乃是大夫悔仕之辭，如《序》之説是也，了無幽王日小其明之意。《大雅》「明明在下」，謂之《大明》；《小雅》「明明上天」，謂之《小明》，自是名篇者偶爲誌別爾，

❶「相」，原誤作「視」，據通志堂本改。
❷「明」，原脱，據通志堂本補。

了不關詩義。苟如鄭説，❶則《小旻》、《小宛》之類有何義乎？詩云「嗟爾君子，無恒安處」，乃是大夫自相勞苦之辭，云無苟偷安，但「靖共爾位」之職，惟「正直是與」，則神將祐爾以福也。鄭乃以「嗟爾君子」爲「其友之未仕者」，且大夫方以亂世悔仕，宜勉其未仕之友以安居而不仕，安得教其無恒安處？蓋鄭謂大夫勉未仕之友去之他國，無安處於周邦也，故引「鳥則擇木」之説。夫悔仕者，悔不退而窮處爾。如鄭之説，則周之大夫皆懷貳志，教其友以叛周而去，此豈足以垂訓也？

鼓鍾

論曰：《鼓鍾·序》但言刺幽王，而不知實刺何事，若據詩文，❷則作樂於淮上矣。然旁考《詩》、《書》、《史記》，無幽王東巡之事，無由遠至淮上而作樂，不知此詩安得爲刺幽王也？《書》曰「徐、夷並興」，蓋自成王時，徐戎及淮夷已皆不爲周臣，宣王時，嘗遣將征之，亦不自往，至魯僖公又伐，而服之乃在莊王時，而其事不明。初無幽王東至淮徐之事，然則不得作樂於淮上矣。其詩曰：「鼓鍾將將，淮水湯湯，憂心且傷。淑人君子，懷允不忘。」其先言憂心，而後言君子，不知憂心者復爲何人。其卒章云：「以雅以南，以籥不僭。」其辭甚美，又疑非刺也。毛謂南爲南夷之樂者，非也。昔季札聽魯樂，見舞南籥者，曰：「美哉！猶有憾。」

---

❶「如」，原誤作「知」，據通志堂本改。
❷「文」，原誤作「人」，據通志堂本改。

蓋以謂文王之樂也。詩人以文王之詩爲《周南》、《召南》，然則此所謂「以雅以南」者，不知南爲何樂也。皆當闕其所未詳。

裳裳者華

論曰：《裳裳者華》刺幽王者三事爾。由小人在位而讒諂進，故棄賢者之類，絶功臣之世也。其卒章又戒王毋近小人，而當親君子。義止如是而已矣。然毛、鄭之失者，以「裳華」喻君，以「之子」爲明王，由是詩之義不可得而見。毛又以「左之」爲朝祀之事，「右之」爲喪戎之事，鄭以「君子」爲先人，考詩及《序》，皆了無此義，失之尤遠。

本義曰：「裳裳者華，其葉湑兮」者，言其葉、華並茂，喻賢材美衆盛也。我見是人而傾心用之，則君臣有榮譽也。又曰「裳裳者華，芸其黄矣」，言其華色光耀，喻有功之臣，功烈顯赫也。我見是人作事皆可法，故得慶於後而世禄不絶也。章，法也。陳二章刺王不能也。又曰「裳裳者華，或黄或白」，刺王朝君子、小人雜處也，而讒諂得進，因戒王以馭臣之道，當如馭馬，使駑、良並駕而進退，遲速如一者，在調和其轡緩急，以節之爾。謂善馭臣下者，君子、小人各適其用，而節制在己也。其卒章則又言，左右常當親近君子，而慎其所習，左右有小人，則似小人，有君子，則似君子也。

鴛鴦

論曰：《鴛鴦·序》云：「思古明王交於萬物有道，自奉養有節。」今考詩下二章，言「乘馬在廄」，猶近於自奉養之事，然馬無事則委之以莝，有事則予之以穀，此前世中材常主之所能爲，而不足當詩人思古而詠歎，然義猶有説而通。若其上二章之義，了不涉及《序》意。且鴛鴦非如是鴈之類，其肉不登俎，非常人所捕食之物，今飛而遭畢羅，乃是物之失所者，而謂匹鳥止則耦，飛則雙，此爲交萬物之實。匹鳥之雙自是物之本性，了不干人事。幽王之世，鴛鴦飛止，亦宜自雙耦，何必果明王之時也？其二章云：「鴛鴦在梁，戢其左翼。」鄭謂明王之時，人不驚駭，而自若無恐懼。然則人不驚駭與遭畢羅，二章義正相反，而鄭皆爲明王之時，理豈得通？又詩二章，其下文皆云「君子萬年」，是其在梁與畢羅，詩人本不取其驚不驚也。故此篇本義未可知也，宜闕其所未詳。

車舝

論曰：鄭氏以《車舝》之詩，周大夫惡褒姒之亂國，欲求賢女以輔佐幽王。然解詩三章，燕喜燕譽，飲食歌舞，皆以爲幽王既得賢女之後，改爲善行，大夫以此相慶，自相燕樂，故雖無賢友、旨酒、嘉殽，亦且亟相飲食歌舞。言其喜甚也。據詩《序》，言褒姒之惡，敗亂其國，大夫不能救止，顧無如之何，因思得賢女，以配君子爲輔佐，庶幾可救王爾。思得者，是未見之辭也。所思賢女，尚未有其人，而諸大夫捨其所憂之急者，遂言已得賢女之後，慶喜燕樂之事，使略及之，猶在人情或有，今詩連章復句述其燕喜燕譽，至其三章，更不及他事，惟説飲酒歌舞。然則鄭氏之説，豈詩人之本意哉？且詩人本以幽王無道，思得賢女以救其惡。鄭箋「平林」云：「王若有美茂之德，則賢女來配。」若王自有美茂之德，則詩人復何所刺乎？亦非詩人本意也。至於「雖無旨酒，式飲庶幾」，以爲「庶幾王之變改」，是式飲、庶幾分爲二事。又云：「我與汝用是歌舞相樂，喜之甚也。」然則上言方庶幾幸王變改，下言則已喜甚，又以「雖無德」三言斷爲一句，皆文意乖離，害詩本義，不可不論正也。

本義曰：「間關車之舝兮，思孌季女逝兮。匪飢匪渴，德音來括」者，所謂思得賢女之辭也。「匪飢匪渴」云者，言我所思者，非飢思食，非渴思飲，乃思賢女以德聲來與我王合配也。❶「雖無好友，式燕且喜」者，謂彼所思之女，雖無衆妾與相好友，祇得一人，亦足以承王之燕喜也。婦人以相好爲友，見《關雎》之文。又曰「依彼平林，有集維鷮。辰彼碩女，令德來教。式燕且譽，好爾無射」云者，此惡褒姒嫉妬之辭也。謂彼平林之廣，能容飛鳥，則鳴鷮皆來依其蔭蔽。碩女賢淑，能容其下，則衆妾之有令德者皆來化其善行也。若得此賢女，與王燕樂而享榮譽，則我好愛之無厭射也。又曰「雖無旨酒，式飲庶幾。雖無嘉殽，式食庶幾。雖無德與女，式歌且舞」云者，思賢女而不可得之辭也。以謂酒殽雖不美善，庶幾可飲食則飲食之矣，賢女雖無德及汝，可配王則當共歌舞而樂之爾。陟岡、析薪，言得之易也。「鮮我覯爾，我心寫兮」者，歎賢女難

❶「聲」，通志堂本作「音」。

得，使我傾心求之而未見也。「高山仰止，景行行止」者，勉其不已之辭也。以謂賢女雖難得，求之不已，將有得也。故其下則云「四牡騑騑，六轡如琴」者，謂調和車馬往迎之，如首章車舝也。徒我見正得此賢女爲新昏，則慰我心矣。

詩本義卷第九

青蠅

論曰：青蠅之汙黑白，不獨鄭氏之說，前世儒者亦多見於文字。然蠅之爲物，古今理無不同，不知昔人何爲有此說也。今之青蠅，所汙甚微，以黑點白，猶或有之，然其微細不能變物之色，詩人惡讒言變亂善惡，其爲害大，必不引以爲喻，至於變黑爲白，則未嘗有之，乃知毛義不如鄭說也。《齊詩》曰：「匪鷄則鳴，蒼蠅之聲。」蓋古人取其飛聲之衆，可以亂聽，猶今謂聚蚊成雷也。

本義曰：青蠅之爲物甚微，至其積聚而多也，營營然往來，飛聲可以亂人之聽，故詩人引以喻讒言漸漬之多，能致惑爾。其曰「止于樊」者，欲其遠之，當限之於藩籬之外，鄭說是也。棘、榛皆所以爲藩也。

賓之初筵

論曰：衛武公之作是詩也，本以幽王荒廢，飲酒無度，天下化之，君臣沈湎，所以刺也。如鄭氏之說，則王之飲酒，賓主肅然，禮修樂備，物有其容，揖讓周旋，皆中其節。先與群臣射而擇士，然後祭祀其先，至於受神之福，配尸登餕，禮無違者。及乎射祭訖事之後，燕其族人，旅酬之際，始與其坐賓頓出小人之態，號呼傾側，以至失禮敗俗。是其一日之内，朝爲得禮之賢君，暮爲淫液之昏主，此豈近於人情哉？蓋詩人之作，常陳古以刺今。今詩五章，其前二章陳古如彼，其後三章刺時如此。而鄭氏不分别之，此其所以爲大失也。鄭氏長於禮學，其以禮家之説曲爲附會，詩人之意本未必然。義或可通，亦不爲害也，學者當自擇之。

本義曰：《賓之初筵》，刺幽王君臣沈湎於酒。其前二章，略陳昔之人君與其臣下飲酒，必賓主秩秩然肅恭，至於籩豆、殽蔌，皆有次序，而酒旨樂和，又其不徒燕飲而已也，或行射禮以揖讓周旋，因其勝不以相爵，或因祭其先祖，神享而降福，子孫受賜，乃相湛樂。蓋明非以淫液爲樂也。其下三章，遂刺王之君臣上下，飲酒既失威儀，又號呶雜亂，籩豆亦無次序。至於起舞，傾側其冠弁。又立監史，以督罰不飲者，皆使之醉，而時人反以不醉爲耻。「勿」、「無」，皆禁止之辭也。其卒章曰「式勿從謂，無俾大怠」者，戒醉者無從其所謂以自縱，而至於大慢惰也。「匪言勿言，匪由勿語。由醉之言，俾出童羖」云者，又戒人以醉言不可聽，至於謂羖羊童首，是以無爲有，則醉言無度可知也。「三爵不識，矧敢多又」云者，又教飲者以醉辭也，言我三爵已昏然無所識知矣，其又敢多飲乎？

采菽

論曰：詩云：「君子來朝，言觀其旂。」鄭謂：「諸侯來朝，王使人迎之，因觀其衣服車乘之威儀，所以爲敬且省禍福。」據《序》，但言幽王侮慢諸侯，不能錫命以禮，君子思古以刺爾。如鄭所説省禍福，詩及《序》文皆無之。據詩，但述諸侯來朝，車服之盛可觀爾。其曰「君子所届」者，乃言君子所至，車旂如此之盛爾，亦不謂其法制之極也。「天子所予」者，謂此諸侯旂、鸞、驂駟與其所服赤芾、邪幅，皆是天子所賜爾。以刺幽王不能賜諸侯也。諸侯爵秩、車服有等差，當賜則賜矣，不待其幅束無紓緩之心，然後賜也。其曰「彼交匪紓」者，直自言邪幅爾。鄭謂「君子所屆」爲「法制之極」，「天子所予」爲「非有解怠紓緩之心，天子以是故賜予之」者，皆衍説也。「汎汎楊舟，紼纚維之」者，鄭謂紼纚維舟，猶諸侯御民以禮法者，非也。據詩意，紼纚維舟如天子以爵命維制諸侯爾，故其下文云：「樂只君子，天子葵之。」毛謂「明王能維持諸侯」，是矣。

角弓

論曰：《角弓》，據《序》，但言「幽王不親九族而好讒佞，骨肉相怨，而作是詩」爾。如毛、鄭之説，「老馬反爲駒」，謂「王侮慢老人，遇之如幼稚」，雖非詩本義，而理尚可通。其「如食宜饇，如酌孔取」，謂「王如食老人，宜使之飽，如飲老人，宜度其所勝多少」，則非詩之意也。詩述九族怨王不親爾，不論老者飲食多少也。言「如」者，有所比類之辭也。至於教猱、塗附，謂「人心皆有仁義，教之則進」；雨雪見晛，「喻小人雖多，王若欲興善政，則小人誅滅」；「如蠻如髦」，又謂「小人之行如夷狄，而王不能變化」。考《序》及詩，了無此義，與上章意不相屬，由毛、鄭失其本旨也。弓之爲物，其體往來，張之則内嚮而來，弛之則外反而去。詩人引此以喻九族之親，王若親之以恩，則内附，若不以仁恩結之，則亦離叛而去矣。其義如此而已。毛謂「不善紲檠，巧用則反」者，衍説也。紲檠，制弓使不反之器也，蓋造弓未成時所用。已成之弓，則體有往來，其張之則來，弛之則去，古今通然，是詩人所取之義也。

本義曰：《角弓》之詩，自四章以上，毛、鄭之説皆是。其一章言雖骨肉之親，若遇之失其道，則亦怨叛而乖離，如角弓翩然而外反矣。二章言王與骨肉如此，則下民亦將效上之所爲也。三章、四章遂言效上之事，云兄弟不令而交相賊害，則民亦效之，各相怨於一方，貪争不已，至於亡身也。五章、六章則刺王所以不賜九族者，❶由好讒佞而被離間也。因述讒佞之人，變易是非善惡，乃以老馬爲駒，不顧人在其後而辨其非也。謂其肆爲讒佞，傍若無人也。其所以如此，取王之寵，如貪飲食之人，務自飽足而已。又言讒佞之人已自如此，而王又好悦以來之，❷如猱喜升木，又教之塗，喜著又附之。其曰「君子有徽猷，小人與屬」者，徽，美也，猷，道也。君子有所美之道，則小人争趨而爲之矣。其七章、八章又述骨肉相怨之言，云王疏九族而好讒佞，如此亡無日矣，如雨雪見日而將消也。「莫肯下遺，式居婁驕」者，謂王不以恩意下及九族，而自爲驕傲也。「如蠻如髦」，言骨肉相視如夷狄，無禮義仁恩也。

菀柳

論曰：鄭箋：「上帝乎者，愬之也。」以謂詩人呼上帝而告之曰，幽王暴虐，甚使我中心悼病。然則「上帝」與「甚蹈」當分爲兩句，豈成文理？考於詩意，亦豈得通？「俾予靖之，後予極焉」，訓「靖」爲「謀」，又以

---

❶ 「賜」，通志堂本作「親」。
❷ 「悦」，通志堂本作「讒」。

謂假使我朝王，王留我謀政事，王信讒，不察功考績，後反誅放我。如鄭此説，則詩人方呼天，言王不可朝，其下文遽言王使我謀之，初無假使朝王之語，鄭何從而得之？可知其臆説也。君子不逆詐，而詩人假使朝王，王必留我謀，而又後必誅我，於義皆必不然也。「彼人之心」，以爲斥幽王，言王心無常，不知所届。考詩初無此意，又與下文不屬，蓋亦其失也。

本義曰：不尚，尚也。蹈，動也，謂警動也。靖，安也。詩人言彼菀然茂盛之柳，尚可以依而休息，而幽王暴虐不可親，今天警動我，使我無自暱近之，又使我安之以待其極。其二章之義皆同，惟言「後予邁焉」，謂待其可往朝則往焉。其卒章言彼鳥之飛，猶能戾天，而人心何之不可，我則獨安然當此虐王之時，將罹其凶禍而不去？蓋諸侯怨叛之辭也。録之以見幽王之惡，人心叛離如此，而王不悔改也。

白華

論曰：《白華》，據《序》意，言幽王黜申后而立褒姒，致下國化之，亦多棄妻而立妾。周人推本其事，由褒姒淫惑幽王，竊居后位，故使下國之人效之，立妾爲妻，正妻被棄，而王不能治也。然則周人作詩，本爲下國之人以妾爲妻爾。毛、鄭二家所解，終篇不及下國之人妻妾事，此其所以失也。且《序》言「刺幽后」，而鄭以詩所謂「之子」，爲斥幽王，「碩人」，爲斥幽后。今考詩八章，五章常言「之子」，則是刺幽王者多矣，何得《序》獨言刺幽后也？「碩人」者，大人爾，毛既以爲斥褒姒，遂解爲妖大之人。此又其穿鑿也。今考詩意，言「之子」者，棄妻斥其夫也；所謂「碩人」者，乃刺幽后爾。又《序》言「以妾爲妻，以孽代宗」，雖爲兩事，而其實一也，蓋妾子爲孽，妻子爲宗，既升妾爲妻，則自然其孽子爲嫡矣。今考詩但述妻、妾之事，而無及嫡、庶之語，乃作《序》者因言及之爾。

本義曰：白華以爲菅，白茅以爲束，言二物各有所施，可以並用，如妻妾各有職，可以並居，而之子乃獨遠棄我而不見容。彼英英然白雲者，於彼菅也、茅也，皆覆露之而無所擇，而君子之於妻妾，亦當均其恩愛無異，而之子乃獨棄我，蓋由天道艱難而使之子心不善也。步，猶行道也。「滮池北流，浸彼稻田」者，自高而及下也，言化自上行而及下也，此刺王及后也。碩人者，大人也，王后是矣。「樵彼桑薪，卬烘于煁」者，物失其所也。桑薪宜爨烹飪而爲燎燭，棄妻自傷失職者，由幽后化之然也。「鼓鍾于宮，聲聞于外」者，言王后爲惡於内，而聲達于外，使人效之，而之子懆懆然棄逐我，使我邁邁而去也。邁，往也。「有鶖在梁，有鶴在林」，言二物皆非其所處，如妾不宜居正位，而妻不宜被遠棄也，亦由褒姒奪據后位而下效之也。鴛鴦戢翼，雌雄相好之鳥也，言之子二三其德，曾此鳥之不如也。「有扁斯石，履之卑兮」，言至賤之物當常在人下，而爲人助也。扁石，乘石也，人履以升車者也。棄妻指此石常在人下而助人升者，如妾止當在下而佐人爾，今之子遠我而進彼，使我病也。

漸漸之石

論曰：《序》言「戎狄叛之，荆舒不至，乃命將率東征」。蓋序詩者言幽王暴虐，致天下離心，因言戎狄已叛而荆舒又不至爾。然考詩之文，惟言東征，則是此詩但述征荆舒也。鄭氏泥於《序》文，遂以「漸漸之石」

比戎狄不可伐，「山川悠遠」爲荆舒之所處。且戎狄無不可伐之理，如文王征犬夷，❶宣王伐玁狁，但幽王自不伐爾。就使戎狄爲不可伐，幽王置而專討荆舒，則是幽王知所伐矣，復何刺哉？何國無山川，豈獨荆舒有之？此又不通之論也。「維其勞矣」者，詩人述東征者自訴之辭也。鄭以爲「荆舒之國，勞勞廣闊」，何其捨簡易而就迂回也？「不皇」者，詩人之常語，鄭於此獨以「皇」爲「正」，至「不皇出矣」，爲「不能正荆舒，令出使聘問於王」，此尤臆説也。豕涉波，月離畢，但將雨之兆爾，毛説是也。鄭曲爲比興，又汗漫而不切，蓋其衍説也。

本義曰：漸漸高石與悠悠然長遠之山川，皆東征之人叙其所歷險阻之勞爾。「不皇朝矣」者，謂久處于外，不得朝見天子也。其二章云「不皇出矣」者，謂深入險阻之地，將不得出也。豕涉波而月離畢，將雨之驗也，謂征役者在險阻之中，惟雨是憂，不皇及他也。履險遇雨，征行所尤苦，故以爲言。

❶「夷」，通志堂本作「戎」。

詩本義卷第十

文王

論曰：嗚呼！語有之曰：「衆口鑠金，積毀消骨。」豈虚言也哉？文王之甚盛德，所以賢於湯、武者，事殷之大節爾。而後世誣其與紂並立而稱王，原其始，蓋出於疑似之言，而衆説咻然附益之，遂爲世惑，可不慎哉？《泰誓》曰「惟十有一年」，「師渡孟津」，《武成》曰「誕膺天命」，「惟九年，大統未集」。此所謂疑似之言也。而毛、鄭於詩，謂文王「天命之以爲王」，又謂文王聽虞芮之訟，而天下歸者四十餘國，説者因以爲受命之年乃改元而稱王。由是以來，司馬遷《史記》及諸讖緯符命怪妄之説，不勝其多。本欲譽文王而尊之，其實積毀之言也。然而學者可以斷然而不惑者，以孔子之言爲信也。孔子曰：「三分天下有其二，以服事殷。」此一言者，楊子所謂「衆辭淆亂，質諸聖者」也。至於虞芮質成，毛、鄭之説雖疑過實，然考傳及箋，初無改元稱王之事，未害文王之爲文王也。惟《雅》之《序》言「文王受命」，毛以爲「受天命而王天下」，鄭又謂「天命之以爲王」云者，惑後學之述甚者也。❶ 詩人之意，以謂周自上世以來，積功累仁，至於文王，攻伐諸國，

❶ 「述」，通志堂本作「尤」。

威德並著，周國自此盛大，至武王因之，遂伐紂滅商而有天下。然以盛德爲天所相而興周者，自文王始也，其義如此而已，故《序》但言「受命作周」，不言受命稱王也。且詩人述作周之業，歸功於其父，而言國之興也，有命自天。此古今之常理，初無怪妄之説也。《書》曰「天之曆數在爾躬」，又曰「天既訖殷命」，又曰「勦絶天命」之類，其言甚多。蓋古人於興亡之際，必推天以爲言者，尊天命也。如毛、鄭之注《文王》，則是天諄諄命西伯稱王爾，此所以失詩本義，而使諸家得肆其怪妄也。説者但言殷未滅時，文王自稱王於一國之中，理已爲不可。況毛、鄭於此詩，言商之子孫衆多，有國者皆在文王九服之中，又言殷之諸侯來助文王祭者，皆自服殷之服。此二者，皆是殷已滅之事，若如毛、鄭之説，是文王已滅殷而盡有天下矣。此又厚誣文王之甚者也。詩曰：「於緝熙敬止。」詩屢言「緝熙」，毛、鄭常以爲「光明」，不知其何據也。《爾雅》云：「緝熙，光也。」《爾雅》非聖人之書，考其文理，乃是秦、漢之間學詩者纂集説詩博士解詁之言爾。凡引《爾雅》者，本謂旁取他書，以正説詩之失，若《爾雅》止是纂集説詩博士之言，則何煩復引也？《頌·敬之》云：「學有緝熙于光明。」毛、鄭説以爲「學有光明於光明」，謂「賢中之賢」，此穿鑿之尤甚者。許慎《説文》：「熙，燥也。」孔安國傳《尚書》：「熙，廣也。」他書或訓爲「安」，或爲「和」，❶隨文義各自不同。而此「熙」訓「廣」，近是矣。緝，績也。績者，接續而成功也。緝熙云者，接續而增廣之也。「駿命不易」，當音「難易」之「易」。

本義曰：「文王在上，於昭于天」者，據武王以爲言也。言武王雖滅殷而有天下，然由文王在上，其德昭

❶ 「或」下，通志堂本有「訓」字。

著于天也。「周雖舊邦，其命維新」者，據后稷、公劉以來爲言也。言周自上世以來，爲周久矣，至文王始受天之眷命而興盛也。有周不顯乎？自文王而顯大矣。其顯不是帝命乎？是帝命也。「文王陟降，在帝左右」者，謂其俯仰之間，常如在帝左右，言爲天所親輔也。「亹亹文王，令聞不已。陳錫哉周，侯文王孫子。文王孫子，本支百世」者，言勉勉勤修文王之業，使文王之善聞流于後世者不止。❶能如此，乃是周之君，而可以爲文王之子孫也。子孫能勉勉不墜文王之令聞，則本與支皆可傳於百世也。子，武王。孫，成王也。「凡周之士，不顯亦世。世之不顯，厥猶翼翼。思皇多士，生此王國。王國克生，維周之楨。濟濟多士，文王以寧」者，言周之興也，不獨其君因其世德，其衆士佐文王成功業者，亦世有顯名，而謀事忠敬。惟此多士，生於周國，爲幹事之臣，文王用之以寧周邦也。「穆穆文王，於緝熙敬止。假哉天命，有商孫子。商之孫子，其麗不億。上帝既命，侯于周服」者，以戒成王也。言美哉，文王之德於此乎！當續而廣之，敬慎不墜。大哉，天命！商之子孫數甚衆多，而上帝乃命之爲周諸侯。昔也天命爲商之蕃屏，而今也乃命爲周諸侯，由商王失德而天奪之，周有世德而天予之。天所予奪，惟德所在而無常主，故又曰「侯服于周，天命靡常」也。「殷士膚敏，祼將于京。厥作祼將，常服黼冔」者，詩人既先引商王子孫以戒成王，又引商之衆士以戒周之群臣。以謂殷之衆士乃服其服而來助周祭，猶服殷服者，見其亡國之故臣也，故引以戒周臣，使亦無失其世德，以配天命而求福禄。既又丁寧之曰，當如殷之未失衆心之時，故能配上帝，宜鑒殷之亡，知天命之不易，

❶ 「聞」，原誤作「間」，據通志堂本改。

無使天命至爾躬而止，當明揚善聞，常虞度殷之興亡，皆自天也。其卒章又言，天無聲臭，其命難知，但效法文王所爲，則可以使萬邦信天之輔有德也。

棫樸

論曰：《棫樸》五章，毛於其四章所解絶簡，莫見其得失。其首章棫樸之義頗詳，而二家之説相違，然毛得而鄭失也。詩人本以文王能官賢才，任國大事，故美之。如鄭説，則豫斫棫樸，將祭而積薪，乃賤有司之末事，民庶人人能之，詩人必不以此爲能官人也。鄭所以然者，牽於二章「奉璋」之説也。奉璋助祭，與積薪事不同，然能奉璋助祭，亦止能官人之一事爾，不必連章言之。❶且官人之職多矣，豈專於祭祀乎？自「倬彼雲漢」而下二章，如鄭説更無官人之意，但汎述法度、爲政等事，汗漫而無指歸，此皆其失也。

本義曰：詩人言芃芃然棫樸茂盛，採之以備薪槱，以喻文王養育賢才美茂，官之以充列位，而王威儀濟濟然，左右之臣趨而事之，以見君臣之盛也。其二章言在宗廟則奉璋助祭，皆髦俊之士。其三章言舟之行水，由衆人以楫櫂之，如王之治國，必衆賢居官以共濟。其曰「周王于邁，六師及之」者，又言王有所征伐，則六師皆從，以見王所官人，入宗廟、居軍旅，皆可用。言文武之材，各任其事也。其四章言雲漢在上，爲天之文章，由賢才在朝，爲國之光采。其曰「周王壽考，遐不作人」者，作，動也，言文王能官群材，各任其職，王

❶「章」上，通志堂本有「首」字。

但享壽考，邈然在上，無所動作於人，而國自治也。蓋言官人之成效也。其卒章又言金玉之質美矣，必待追琢而成文章，以喻臣下雖有賢才，必待獎用而成德業。又言王當勉勉用人，而但提其綱紀爾。

思齊

論曰：《序》言「《思齊》，文王所以聖也」，鄭云「非但天性，德有所由成」，蓋言文王所以聖者，由其母大任之賢也。然則《思齊》之義，主述大任之德，能致文王之聖爾。今詩四章，鄭箋自「惠于宗公」而下三章，皆了不及大任。「雝雝在宫，肅肅在廟」，又以爲文王在辟雍，群臣助王養老，在宗廟，群臣助祭等事，考《序》及詩，皆非詩人本意，其爲衍説，失詩之旨遠矣。「惠于宗公」，鄭以爲順于大臣，據詩上文云「大姒嗣徽音，則百斯男」，是方述大姒之德，遽云順于大臣，便爲文王之事，其下文又别述神無怨恫，上下文義何由聯屬？毛以「無射」爲「無厭」，鄭讀「射」爲「射御」之「射」，謂「不顯亦臨，無射亦保」，皆觀禮於辟雍之人，以不顯爲「有賢才之質而不明者」，無射爲「無射才者」。且夫觀禮本欲化人，雖狂愚之人皆得觀，豈限賢才之質？自古王者在辟雍，未聞必須能射者方得觀禮。就如鄭説，不明、無射之人皆來觀禮，亦前世之常事，不足彰文王之聖。「不聞亦式」，以爲「有仁義之行而不聞達者」，「不諫亦入」，以爲「有孝悌之行而不能諫争者」，皆得助祭於廟。且詩但云「不顯亦臨，無射亦保」，鄭何據而知是在辟雍之人？「不聞亦式，不諫亦入」，何據而知是在宗廟之人？「不聞」，何據知爲仁義？「不諫」，何據知爲孝悌？學者穿鑿之弊，至於如此。毛以「思齊」爲「思莊」，以文理推之，當讀如「見賢思齊」之「齊」也。

本義曰：文王所以聖者，世有賢妃之助也。自大姜、大任，以至大姒，相繼有賢德也。其可思而齊者，大任也。可思而愛者，周姜也。大任，文王之母也。大姜，大國之婦也。京，大；室，國也。言大姒每思慕任、姜而繼其美聲，有不妬忌之賢，而子孫衆多，又能輔佐君子，順事先公，而神無怨怒。宗公，先公也。言周世有賢婦人，文王幼育於賢母，長得賢妃之助，以成其德。其德廣被，由内及外，由近及遠，自親者始，故曰「刑于寡妻，至于兄弟，以御于家邦」。「雝雝在宫，肅肅在廟」者，言文王平居在宫中，則雝雝然而和，有事在宗廟，則肅肅然而敬。「不顯亦臨，無射亦保」，言不以人所不見而殆，常端莊若有所臨，又無厭倦，而能守其常也。保，守也。「肆戎疾不殄，烈假不瑕」，戎，衆也。烈，光也。假，大也。言文王之應於事雖衆多，敏疾而不絶，其施於事者，光大而無瑕也。「不聞亦式，不諫亦入」者，式，法也。言事有雖未嘗聞，舉必中法也，又不待教諫而能入於善也。毛謂「性與天合」者，是也。詩人既述文王修身之善，能和敬於人神，而出處有常度，又述其遇事之聰明，所爲皆中理，然後本其所以聖者，由生於賢母，幼被養育而至成人也。故曰「肆成人有德，小子有造」，言文王有成人之德，自其爲幼小之子，而養育成其性也。既又推廣而言曰，不獨文王，古之人自其幼小，教育無厭倦，則皆有名譽，爲俊髦之士矣。

皇矣

論曰：據《序》，但言文王修德最盛，而考詩，則上述大伯、王季，又多言文王征伐之事。蓋詩人言周世德所積，至文王又著功業，而德最盛也。詩謂二國者，毛以爲夏、殷者，非也。且詩述文王，何因遠及夏世，而終篇無殷事？則毛説非矣。鄭謂二國爲紂及崇侯者，崇侯是其一也，紂亦非也。詩謂四國者，毛以爲四方，鄭以爲密、阮、徂、共者，鄭亦非也。鄭所謂國者，皆不見於前書，莫可知其是否。惟據詩稱「密人」，則密可知爲國也。又曰「以伐崇墉」，則崇可知爲國也。其曰「以按徂旅」、「侵自阮疆」，二者亦似國名，而知非者，以上下文考之，義不能通故也。且鄭以密、阮、徂、共爲四國，以充上「維彼四國」之文，而數外又有串夷及崇，詩人不應前以四國爲目，而後列六國。上章先阮而後徂，下章先徂而後阮，共則不復再見，密但言不恭，而不言侵伐，崇不在四國之數，反著其伐功最詳，其先後無次，詳略失宜，詩人之作不應如此絶無倫理，此所以難通也。阮、徂、共既不可爲國，則四國當從毛説爲四方。詩云「四國順之」，又云「四國是皇」，又云「正是四國」，詩人之語，此類甚多。然毛云「侵阮，遂往侵共」，以「徂」爲「往」，是矣，而猶以阮、共爲國者，亦非也。今以文考義，止於侵密、伐崇二事爾。且詩云：「密人不恭，敢距大邦，侵阮徂共。」若如鄭説，以上下文考之，乃是密人有不恭、距命之罪不被討，而徂、阮、共三國以無罪見侵，理必不然。毛傳亦同，但以「徂」爲「往」，小異爾。大義皆失之也。或曰密人距周之侵三國爾，是亦不然。且詩人本欲稱述文王之功業，若周侵三國而密人距之，則密亦有罪矣，就如鄭説，阮則侵而服，徂則僅能止其旅，共則不見勝敗，密則未嘗加討。是文王有所舉，隣國不順而不能討，所侵之國，又無必勝之功，然則何以爲功業，何以示威德，詩人亦何足稱述哉？所以知其不然也。而爲毛、鄭之學者，又謂周侵三國，召兵於密而不從者，尤疏也。阮、共當是密國地之别名，如周有岐、邠、豐、召也。「串夷」，依毛傳則義通，如以爲「昆夷」，則上下文義絶不相屬，故當從毛也。詩既止述侵密、伐崇，則上文二國，當是密及崇也。度、明、類、長、君、順、比七者，皆古今常言，毛、鄭曲爲訓義，雖未害文理，然於義爲衍，去之可也。

本義曰：《皇矣》之首章言，大哉，天乃赫然下視四方，求民之所歸，定見此密、崇二國失政而暴亂，乃於彼四方諸國謀度孰可定民者，而天意遲久之，慎其所擇，既憎二國之自大，乃眷然顧周，與之使宅西土。「其政不獲」，謂失爲政之道也。耆，遲久也。其二章乃本周作宇之始，岐周之民樂就有德，皆共刊除樹木，而營理邑居，帝亦遷就以成周家之德，累世積習，常久而增大，遂以配天而受命。「天立厥配」者，謂立其德可配天者以爲君也。「受命既固」者，謂世積德久也。其三章言，帝視岐周之山，柞、棫、松、柏皆拔起茂悦，❶謂其土地肥美，可以建國，乃使之作周邦以配天。而推其始，自太伯、王季，言此王季能友其兄太伯，使讓己以傳聖子，而餘慶流光，後世子孫受天之禄無喪失，遂至奄有天下。其四章又言，王季之德昭明克似，❷可以君長大邦，而文王順承，比合其世德而無改，遂受天福，及于子孫。悔，改也。其五章言，天謂文王無信從諸侯之跛扈貪羨者，宜先據可勝以臨之，無信而從之也。岸，高也，當先據高以制下，謂諸侯有暴亂者，先修威德以待之。故密人不恭，則赫然奮怒，整其師旅以侵之，兵入其國，自阮至共而止。其不伐滅其國者，但揚其威，不滅人之國以爲德，所以厚周之福而示天下。其六章又言，周師先據勝地，然後侵之，而密人不敢有其岡陵、水泉。密人既服，外患已除，乃度善原於岐、渭之間，以定周國。其七章言，天謂文王，我懷爾明德

❶「悦」，通志堂本作「盛」。

❷「似」，通志堂本作「類」。

深厚，不外爲聲形，又不大爲變革，使人不識不知，如天於人物，使人不見其所爲，蒙德而不自知，故諸侯不識文王之德者，反助紂無道。與周爲仇敵者，崇侯是也，當率爾兄弟之國，以往伐之。其八章又言周師攻具之盛，而崇城高大難攻，而周師執生獻馘，禱兵而伐之，遂以滅崇，而威德加於四方，無敢侮戾者，言天下之心遂歸周也。一侵一伐，未必能使天下皆歸，詩人上述伐崇，皆先言「帝謂」者，古人舉事必稱天，於興師討伐尤託天命，如「天討有罪」、「肅將天威」、「恭行天罰」之類是也。侵密而外患息，乃定邑居，伐崇而威德著，則四方皆服。詩人雖推大祖宗之功，務極其美，然功業大小、次第先後亦自有倫也。

生民

論曰：妄儒不知所守而無所擇，惟所傳則信而從焉。而曲學之士好奇，得怪事則喜附而爲説。前世以此爲六經，患者非一也。后稷之生，説者不勝其怪矣，不可以遍攻，攻其一二之尤者，則衆説可從而息也。毛謂姜嫄者，帝嚳高辛之配也。高辛爲天子，以玄鳥至之日，親祠于郊禖以求子，姜嫄從帝嚳而見于天，將事齊敏，天歆饗而降福，乃生后稷。姜嫄以后稷生異於人，欲以顯其靈，乃置於隘巷，而牛羊辟之，又置於平林，而林間人收取之，又置於冰上，而有鳥以翼覆藉之，於是姜嫄知有天異，乃往取而育之。鄭謂姜嫄非帝嚳之配，乃高辛氏後世子孫之妃爾。高辛後世不爲帝矣，得用天子之禮祠高禖者，爲二王後故也。又謂當祀高禖時，有上帝大足迹，姜嫄履其指拇，歆然感而有身，遂生后稷。以無人道而生子，懼人不信，乃寘之隘巷等處，以顯其異。凡怪妄之説，使諸家合辭并力以相固結，若折以至理，猶可攻而破之，況二家自相乖戾如此也。今各以其所自爲説者反攻之，則亦可以屈矣。毛、鄭之前世，已傳姜嫄之事也，今見於《史記》者是矣。初無高禖祈子與欲顯靈異之事也，直言姜嫄出，履大人之迹，生子，懼而棄之，及見牛羊不踐等事，始知爲異兒，遂收育之爾。就其妄説，猶若有次第。至二家解詩，乃各增損其事，以遷就己説。毛能不信履迹之怪，善矣。然直謂姜嫄從高辛祠於郊禖而生子，則是以人道而生矣，且有所禱而夫婦生子，乃古今人之常事，有何爲異？欲顯其靈，而以天子之子棄之牛羊之徑及林間、冰上乎？此不近人情者也。毛傳《商頌》亦言，高辛次妃簡狄以玄鳥至之日，祀高禖而生契，與姜嫄生后稷事正同。其先生契也，未嘗以爲異，其後生后稷，豈特駭而異之乎？此又理之不通矣。五帝君臣世次，至周以後已失其傳，蓋其相去千五六百歲，歲久不能無訛繆，而無所考正矣。今《史記·本紀》出於《大戴禮》、《世本》諸書，其言堯及契、稷皆爲帝嚳之子，先儒以年世長短考之，理不能通，固難取信。而鄭又自惑於讖緯，專用《命曆序》言帝嚳傳十世，因以堯、契皆不爲嚳子，而猶以后稷爲嚳後世子孫，謂堯不徒非嚳子，亦非高辛氏之族，故以后稷於堯世爲二王之後。其言無所稽據，而皆由其臆出。夫天命有德，以王天下，此聖賢之通論也。天生聖賢，異於衆人，理亦有之。然所謂天命有德者，非天諄諄有言語、文告之命也，惟人有德則輔之以興爾。所謂天生聖賢者，其人必因父母而生，非天自生之也。詩曰「維嶽降神，生甫及申」，申、甫皆父母所生也。鄭則不然，直謂后稷天自生之爾。夏有天下四百餘歲而爲商，商有天下六百歲而爲周。如鄭之説，是天不因人道，自與姜嫄歆然接感而生后稷，其傳子孫一千歲後爲周，而王天下。且天既自感姜嫄以生后稷，不王其身而王其一千歲後之子孫，天意果如是乎？無人道而生子，與天自感於人而生之，在於人理皆必無之事，可謂誣天也。蓋毛於《史記》，不取履迹之怪，而取其訛繆之世次，鄭則不取其世次，而取其怪説。三家或異或同，諸儒附之，駁雜紛亂。附毛説者謂后稷是帝嚳遺腹子，附鄭説者謂是蒼帝靈威仰之子，其乖妄至於如此。夫以不近人情、無稽臆出、異同紛亂之説，遠解數千歲前神怪、人理必無之事，後世其可必信乎？然則《生民》於《詩》，❶孔子之所録也，必有其義。蓋君子之學也，不窮遠以爲能，闕所不知，慎其傳以惑世也，闕焉而有待可矣。毛、鄭之説，余能破之不疑。《生民》之義，余所不知也，故闕其所未詳。

鳧鷖

論曰：《鳧鷖·序》言「太平之君子，能持盈守成，神祇祖考安樂之」者，但言人神和樂而已。其曰「鳧鷖在涇」、「在沙」，謂公尸和樂，如水鳥在水中及水旁，得其所爾。在沙、在渚、在潨、在亹，皆水旁爾，鄭氏曲爲分别，以譬在宗廟等處者，皆臆説也，於詩大義未爲甚害，然學者戒於穿鑿而汩亂經義也。

假樂

論曰：《假樂·序》所以但言「嘉成王」而不列所嘉之事者，以詩文意顯，更無他事可陳，大意止於臣民嘉美成王之德爾。而鄭氏乃以「宜人」爲「能官人」。成王德美甚衆，不應獨言其官人，若專爲官人而

---

❶ 「於」，通志堂本作「之」。

作，則《序》當見詩人之意，况考文求義，理不然也。其二章言「子孫千億」、「宜君宜王」，則「不愆不忘」，當爲戒其後世無忘成王之法爾。而鄭以爲成王循用周公之禮法者，亦非也。「燕及朋友」，非謂「燕飲」之「燕」也，《語》曰「子之燕居」，則「燕私」之「燕」也。三者皆爲小失，然既汨詩義，則不可以不明。

本義曰：詩人言大哉可樂者，彼成王君子有顯顯之德，以宜其人民，而受天之禄，爲天所保右，而命之以爲王也。其二章言成王福禄及其子孫之衆，世世宜爲君王，又戒其子孫常循用成王之典法，無使過差忽忘也。其三章言成王外有威儀，内有令德，其臨下無有怨惡於人，率用群臣以共治之，王享其福禄，總其綱紀而已。其卒章言在燕私則朋友，在公朝則卿士，皆當共愛于王而不解于位，民乃得安息也。

詩本義卷第十一

卷　阿

論曰：《卷阿》言召公戒成王，求賢用吉士。毛、鄭二家所解，得詩義者多矣，而其所失者三。詩曰：「有馮有翼，有孝有德，以引以翼。」毛以爲「道可馮依以爲輔翼」，得之矣。而鄭謂「馮」爲「馮几」，「有孝」爲「成王」，「有德」爲「群臣」，言王之祭祀，擇賢者以爲尸，豫撰几，擇佐食，尸之入也，使祝贊道、扶翼之。據詩十章，其九章皆言用賢，不應忽於此章三句，特言祭祀用尸之事。於其本章「豈弟君子，四方爲則」義已不倫，而以上下章文義考之，又絶不相屬，且詩本無祭祀之事，此鄭之失一也。詩曰「鳳皇于飛，翽翽其羽，亦集爰止」者，謂吉士來居王朝，如鳳皇來集。鳳皇，世所稀見之鳥，故詩人引以喻賢臣難得，王能致之。其義止於如此爾。而鄭以「亦集爰止」爲衆鳥也，謂「衆鳥慕鳳皇而來，喻賢者所在，群士慕而往仕」。且詩人但言「亦集爰止」，安知「亦」爲衆鳥？如下章「亦傅于天」，豈可鳳自來集，而衆鳥上傅于天？此理不通，灼然可見。且詩人言「亦」者多矣，皆是連上爲文，未嘗以「亦」別爲他物也。鄭又言「因時鳳皇至，故以爲喻」，考於《詩》、《書》，成王時未嘗有鳳至，此其失者二也。詩曰「鳳皇鳴矣，于彼高岡。梧桐生矣，于彼朝陽。菶菶萋萋，雝雝喈喈」者，言鳳鳴高岡，而集於梧桐之上，梧桐則菶菶萋萋然茂盛，鳳皇則雝雝喈喈而和鳴，以喻成王能致賢士集於朝，君臣相得而樂也。故其下文遂言君子車多而馬閑，謂其得優游之樂也。而毛謂梧桐「太平而後生朝陽」，且梧桐，世所常有之木，無時不生，詩人言生朝陽者，取其向陽而茂盛爾，安有太平然後生朝陽之理？此妄説也。鄭又謂「梧桐生，猶明君出，生於朝陽，猶君德之温仁」者，亦衍説也。此其失者三也。

蕩

論曰：詩人言上帝者多矣，皆謂天帝也。而毛、鄭惟於《板》及此詩以「上帝」爲「君王」，意謂斥厲王者，皆非也。《蕩》自二章以下，每言「文王曰咨，咨女殷商」者，自是詩人之深意，而鄭謂「厲王弭謗，穆公不敢斥言王惡，故上陳文王咨嗟殷紂，以切刺之」者，亦非也。厲王之詩多矣，今不暇遠引，如《蕩》之前《板》也，所謂「靡聖管管」、「天之方虐」之類，斥王之言多矣；《蕩》之後《抑》也，所謂「其在于今，興迷亂于政。顛覆厥德，荒湛于酒」之類，斥王之言多矣。豈凡伯、衛武公敢斥，而獨召穆公之不敢也？蓋鄭見詩爲厲王作，終篇不刺王而但述殷商，不得詩人之意，所以云然也。鄭又謂「天降滔德」，是「厲王施倨慢之化」者，亦非也。且詩終篇述殷紂，不宜中取一句獨斥厲王，此理難通矣。至於「流言以對」，箋云「王若問之，則以對」，「侯作侯祝」，謂「王與群臣乖争而祝詛」。鄭意皆謂厲王者，皆非也。蕩蕩，廣大也，謂蕩然無限畔也。《序》言「天下蕩蕩，無綱紀文章」者，謂天下廣大，無綱紀條理以治之也。文章，條理也。鄭不達此意，以「蕩蕩」爲「法度廢壞」，遂失詩義矣。凡人善惡有大小，故作詩之意從而有深淺。時君之過惡小，則勸戒之而已，宣王之有規誨，成王之有戒之類是也。其過惡已大，然尚可力救之，庶幾能改，則指其事而責誚之。凡言刺者，皆是也。其過惡已甚，顧力不可爲，則傷嗟而已。蓋刺者欲其君聞而知過，傷者顧其君不可與言矣，直自傷其國之將亡爾。然則刺者其意淺，故其言切，而傷者其意深，故其言緩而遠。作詩之人，不一其用心，未必皆同，然考詩之意，如此者多，蓋人之常情也。《蕩》之《序》云：「召穆公傷周室大壞也。」是穆公見厲王無道，知其必亡，而自傷周室爾。所以言不及厲王，而遠思文王之興也，能事事以殷爲鑒，因歎人事常有初而無終，以謂初以文王興，終以厲王壞也。詩之所陳殷商之事，自其初用小人，至於大命傾亡，其訓義則毛、鄭得之矣。所失者，詩之大義也。

本義曰：召穆公見厲王無道，而傷周室將由王而隳壞，乃仰天而訴曰，蕩蕩上天乎，此厲王者，下民之君也，天之禍福於人，其應甚疾，而尊嚴之威可畏，乃命此多邪辟之王以君天下，遂言天之生民，其命難信，謂天果愛斯民乎？則宜常命賢王，奈何有初而無終，謂初則命文王，終則命厲王也。其二章以下，乃條陳王者之過惡，言此等事皆殷紂所行，文王咨嗟以戒於初，而厲王踐而行之於終也。其曰「枝葉未有害，本實先撥」者，謂紂時宗廟、社稷猶在，天下諸侯未盡叛，但王自爲惡盈滿而禍敗爾。蓋穆公作詩時，周室尚存，然知其必亡者，以王爲無道，根本先壞爾。王者，國之本也。又曰「殷鑒不遠，在夏后氏之世」者，言非獨文王之鑒殷，殷之初興，亦鑒夏之亡矣。謂今既然，則後之興者當又鑒厲王也。此言傷之尤深者。

抑

論曰：《序》言：「衛武公刺厲王，亦以自警也。」考詩之意，武公爲厲王卿士，見王爲無道，乃作詩刺王不自修飾，而陷於過惡。其詩汎論人之善惡無常，在人自修則爲哲人，不自修則爲愚人爾。其意雖以刺王不自修而陷於不善，然其言大抵汎論哲人、愚人，因以自警也。蓋詩終篇汎論之語多，指切厲王之語少。而毛、鄭多以汎論之語爲刺王，如「靡哲不愚」，謂「王政暴虐，賢者佯愚」之類是矣，皆非詩義也。鄭於《蕩》謂召穆公畏王監謗，不敢斥言王，而遠引殷商，於《抑》則以「小子」皆爲斥王，何前後之不類也？召穆、衛武，厲王時人，不宜相異如此。畏監謗而不敢斥，理實不通，然臣斥其君爲小子，義亦難安也。今偏考《詩》、《書》，稱小子者多矣，皆王自稱，爲謙損自卑之言也，未有臣呼其君爲小子者也。《書》曰「小子封」、「小子胡」，君命其臣可也。周公呼成王爲孺子者，成王幼，周公屬親而尊，其語或然。其曰「公將不利於孺子」者，主言成王之幼，疑周公害之，猶言欺孤兒爾，理亦通也。衛武於厲王，非如周公之尊親，而厲爲暴虐之長王，斥以小子，而乳臭待之，理必不然。況考詩義，亦非也。詩云「相在爾室，尚不愧于屋漏」者，不欺暗之謂也。「神之格思，不可度思」者，言幽則有鬼神，亦不欺暗之謂。鄭引禮「祭於奥，既畢，改設饌於西北隅」，「神之來止，不可度知，況可於祭末而有厭倦乎」者，衍説也。考詩上下文，直謂修慎容德，爲人儀法爾，了不涉祭祀之事也。詩又曰：「彼童而角，實虹小子。」蓋言事有是非相亂者爾。鄭謂童羊譬王后與政事，又言「天子未除喪稱小子」。以上下文考之，殊無倫次，亦其衍説。二者尤汩亂詩義者也。至於分斷章句，皆失其本，既害詩義，不可以不正也。詩句無長短之限，短或一二言，長至八九言，取其意足而已。「罔敷求先王克共明刑」，當以九言爲一句也。

本義曰：武公刺王不修慎其容德，而陷於不善。其首章曰「抑抑威儀，維德之隅」云者，汎言人當外謹其容止，則舉動不陷於過惡，是其威儀爲德之廉隅也。「人亦有言，靡哲不愚」云者，謂哲人不自修慎，則習陷爲昏愚矣，如《書》言「惟聖罔念作狂」也。「庶人之愚，亦職維疾」云者，謂衆人性本善，而初不明，不能勉自開發，而終爲昏愚者，譬人之疾，是其不幸爾。「哲人之愚，亦維斯戾」云者，言哲人性明而本善，惟不自修慎，而習陷於過惡，終爲愚人者，自戾其性爾。此雖汎論人之善惡，在乎自修慎與不修慎，以譏王而勉之，亦以自警其怠忽也。其二章曰「無競維人，四方其訓之」云者，競，彊也，亦汎言莫彊於人，乃以一身所爲而訓道四方，謂以天下爲己任，可謂自彊者也。「有覺德行，四國順之」云者，覺，警動也，言德行修著可以動人，則四國服從矣。謂一日克己，而天下歸仁也。二者爲君天下者言也。「訏謨定命，遠猶辰告。敬慎威儀，維民之則」云者，言君天下者，欲使四方、四國訓道而服從，其君臣相與謨謀以出命令，遠慮深圖，而以時相告戒者，其要在一言而已，敬慎威儀以爲民法爾，謂修身而天下服也。一章、二章皆汎論，下章乃專以刺王。其三章曰「其在于今，興迷亂于政。顛覆厥德，荒湛于酒」云者，指時事以刺王也。「女雖湛樂從，弗念厥紹。罔敷求先王克共明刑。肆皇天弗尚，如彼泉流，無淪胥以亡」云者，言王荒于湛樂，不思繼紹文、武之業，又不求先王所作之典刑，不知爲惡者有戮，乃躬自蹈於罪咎。而皇天不祐，則大戮當至，如泉水之流，汎濫無不被，而君臣皆將滅亡也。其四章曰「夙興夜寐，洒埽廷内，維民之章。修爾車馬，弓矢戎兵，用戒戎作，用逷蠻方」云者，刺王有廷內知日夕洒埽以示人嚴潔，而不知修飭其身以自潔其容德。又刺王知修戎備以防兵亂，禦夷狄，而不知修身以遠禍敗。「逷」與「惕」同，謂警惕之也。其五章曰「質爾人民，謹爾侯度，用戒不虞」云者，教王此所以防禍亂也。質，定也。安定人民，謹守爲君之法度，此乃以防非意之事也。「慎爾出話，敬爾威儀，無不柔嘉」云者，亦教王自修也。謂慎出話，敬威儀，不猶愈於洒埽廷內與修戎備乎？謂王知嚴潔其廷之勤，而不知修飭其身之要，知防兵戎於外，知備夷狄於遠，而不知敬慎近在其身，而可以遠禍也。其六章曰「白圭之玷，尚可磨也；斯言之玷，不可爲也」云者，又戒王之慎出話也。「無易由言，無曰苟矣，莫捫朕舌，言不可逝矣」云者，謂言不可苟，雖莫有持我舌者，而言不可以妄出也。其七章曰「無言不讎，無德不報。惠于朋友，庶民小子。子孫繩繩，萬民靡不承」云者，又戒王慎言與德，謂善惡各有其報，當施德于朋友、庶民、小人，皆使懷惠，則王子孫之衆世世爲萬民承順。謂施德自其身者，子孫猶將獲報也。「視爾友君子，輯柔爾顏，不遐有愆」云者，又戒王起居左右當友君子，和柔其顏以接之，以習爲善道，則庶幾遠罪也。不遐，遐也。詩人語常如此。其八章曰「相在爾室，尚不愧于屋漏。無曰不顯，莫予云覯」云者，不欺暗也。「神之格思，不可度思，矧可射思」云者，謂君子非徒不以不我見而自欺，又有神鑒於幽而不可測，宜常畏懼而不可怠忽也。此又戒王不惟自修於顯，又當不懈於幽隱也。射，厭也。厭，怠也。其九章曰「辟爾爲德，俾臧俾嘉。淑慎爾止，不愆于儀。不僭不賊，鮮不爲則」云者，謂臣民法王之爲德，當使稱善而美之，則宜慎其舉止，不愆於儀，而不至於僭差而賊害，則民罕有不效以爲法者。謂人心樂善，惟上所爲是效。其下章乃刺王之不然。其十章曰「投我以桃，報之以李」，言有待而應以類也。❶謂上若修德以示下，則下當爲善以應之也。「彼童而角，實虹小子」云者，言失所望也。謂下當效上之爲善，而上反爲惡，使民無所效，譬猶當童而反角，使小人惑亂而不知所從也。「荏染柔木，言緡之絲。温温恭人，維德之基」云者，汎言人必先觀其質性之如何也。謂木必柔忍，然後可以緡絲，人必温恭，然後可以修德。其十一章曰「其維哲人，告之詁言，順德之行。其維愚人，覆謂我僭，民各有心」云者，又汎言哲人可教，愚人不可教如此。其下章乃以刺王。其十二章曰「於乎小子，未知臧否。匪手攜之，言示之事。匪面命之，言提其耳」云者，刺王之不可教告，而武公自悔也。小子者，武公自謂也。未知臧否者，不度可否也。言我小子不度可否，而欲教告王以善道，非徒引其手而指以所從，乃取已驗之事以示之欲其信，非徒對面語之，乃提其耳而告之欲其聽，而王終不信聽也。「借曰未知，亦既抱子。民之靡盈，誰夙知而莫成」云者，武公已自悔，而又自解也。抱，持也，謂扶持也。假使我未知可否，而遽教告王，然我爲卿士，當扶持王，雖遽教之，不爲過也。惟人不自滿者，何人早有知而不成其德？言自是王心自滿，教不可入爾。其十三章曰「昊天孔昭，我生靡樂」云者，武公自傷丁此時也。「視爾夢夢，我心慘慘。誨爾諄諄，聽我藐藐。匪用爲教，覆用爲虐」云者，君暗於上，臣憂於下，臣言甚至，而君聽甚忽，不以爲德，而反以爲罪也。「借曰未知，亦聿既耄」云者，言使我不知如此之難，而教告王，然我亦老矣，今而不言，恐後遂死而不得言也。其十四章曰「於乎小子，告爾舊止，聽用我謀，庶無大悔」

❶ 「待」，通志堂本作「德」。

云者，不忍棄王而不告也。言我小子所告爾者，非我妄言，皆據舊事之已然者，庶幾聽我，猶可不至於大悔也。「天方艱難，曰喪厥國。取譬不遠，昊天不忒。回遹其德，俾民大棘」云者，急辭也，言天方將喪我國，不暇遠引前世興亡之驗，天之於人，福善禍淫不差忒，言王爲惡必及禍也，而王方爲邪僻，使民困急，言天愛民，必降禍罰於王也。

桑柔

論曰：《桑柔》之《序》但云「芮伯刺厲王」，而不言所刺之事。蓋厲、幽暴虐之王，其政昏亂，人民勞苦，上下愁怨王之過惡甚多，故《序》不能以偏舉也。其於兵役，亦是暴政之一事，宜或有之。然考厲王事跡，據《國語》、《史記》及《詩》大、小《雅》，皆無用兵征伐之事，在此《桑柔》，語文亦無王所征伐之國。凡鄭氏以爲軍旅久出征伐，士卒勞苦等事，皆非詩義也。軍旅久出，士卒勞苦，是大舉兵也，在於朝廷乃一大事，宜有所伐主名與其勝敗事迹，不應詩無明文，《序》又不言。旁稽史傳皆無其事，不知鄭氏何據而爲説也。詩曰：「菀彼桑柔，其下侯旬。捋采其劉，瘼此下民。」據詩，但以桑無葉，不能蔭覆人，喻王無德，不能庇民爾。鄭以詩言「捋采其劉」，乃云「群臣恣放，損王之德」者，亦非詩人本意也。又曰「誰能執熱，逝不以濯」者，厭亂之辭也。鄭以爲「治國之道，當用賢者」，不惟取喻疏遠，又與下文意不聯屬，亦非詩義也。其餘小失甚多。至其本義，理自可見，故不復具列也。毛於刺厲之詩，常以昊天、上帝爲斥王，至此一篇，鄭獨以「昊天」爲「上天」。鄭既不從，可知毛説非矣。

本義曰：桑柔捋采，病此下民者，以桑無葉不能蔭人，喻王無德不能庇民也。他木皆有枝葉，而詩人獨以桑爲喻者，惟桑以葉用於人，常見捋采爲空枝，而人不得蔭其下，故以爲喻也。「四牡騤騤」，臣吏奔走於道路也。「旟旐有翩」，庶民召集於兵役也。此臣民勞苦之辭也。暴虐之政，臣民勞苦不息，則禍亂日生而不可平夷，無國不至於泯滅，民人雖衆，皆爲灰燼矣。黎，衆也。此汎言暴政之爲害，有國必滅，有民必盡。既則歎嗟，哀王爲國所行之道，方頻急如此也。「靡所止疑，云徂何往」者，謂欲止則不知所安，欲行則不知所往。此臣民勞苦怨訴之辭也。「君子實維，秉心無競。誰生厲階？至今爲梗」者，民歸其咎於上之辭也。言諸君子本無彊争之心，而何人生此禍亂之階，爲今人之病。意若禍有根原，其來也遠，而今人適遭之爾，其實刺禍由王致也。「我生不辰，逢天僤怒」，謂不幸生此虐王之時，天方降怒於王，而臣民遭此亂亡之禍也。「自西徂東，靡所定處」者，不知逃亂之所也。「多我覯痻，孔棘我圉」者，謂民疲病矣，又急迫之以禦捍寇盗。「爲謀爲毖，亂况斯削」者，刺王謀事不慎，亂日滋而國日削也。「告爾憂恤，誨爾序爵。誰能執熱，逝不以濯？其何能淑，載胥及溺」者，言王之臣遭王虐政，如蹈水火也。序爵者，謂外則守土公、侯、伯、子、男，内則在位公卿、大夫、士也。告誨之者，謂芮伯也。告王以可憂之事，誨王以方今外、内守土、在位之臣，皆有去王之心。謂遭王暴虐，思得賢君以紓患，如執熱者，孰不思往就水滌濯其煩也。既以火喻矣，則又曰今群臣逃禍不暇，何能自守善道，譬如遇水患者，不思逃避以苟免，則相與就溺矣。是謂厭亂之辭也。「如彼遡風，亦孔之僾」者，芮伯既以禍亂日滋而國家日削，群臣各懷去就之心，以告誨王可憂可恤，而王不能聽，如彼嚮風而歎，未必聞也。蓋呼聲者，順風則聞速而遠，逆風則難，故以爲喻也。「民有肅心，荓云不逮。

好是稼穡，力民代食」者，言民本無怠惰之心，而不逮於事者，言王盡民之力於稼穡，而重斂之爲群臣禄食也。「稼穡維寶，代食維好」者，言稼穡可寶，當以禄養賢才，而刺王不然也。「天降喪亂，滅我立王。降此蟊賊，稼穡卒痒。哀恫中國，具贅卒荒。靡有旅力，以念穹蒼」者，言天降喪亂，將滅亡我王室，而歲又蝗螟爲災，稼穡盡病，哀痛群臣具列於位如贅疣，而使中國卒至荒亂，無有同力以念天災而救患者也。其餘鄭氏得其義，雖小有不合，不害大義者，皆可通也，故不煩復解。

瞻印

論曰：詩云「瞻印昊天，則不我惠。孔填不寧，降此大厲」者，述民呼天而仰訴之辭也。言天不惠養我，使久不安，而降此大惡，謂命此幽王爲君，故使邦靡有定，而士民病也。其下遂陳幽王之事也。又曰「藐藐昊天，無不克鞏。無忝皇祖，式救爾後」者，此稱天以戒王之辭也。言藐藐昊天無不能鞏固，❶周室無自爲敗亂，則上不忝先祖，下全爾子孫也。而毛、鄭以昊天皆爲斥王者，非也。又云「微箴之」者，亦非也。據詩，述幽王有人之土田，奪人之民人，收無罪而説有罪等事，直陳其過惡而斥言之者多矣，何假微箴也？「哲夫成城，哲婦傾城」，但謂士多才智者爲謀慮，則能興人之國，婦有才智者干外事，則傾敗人國爾。此義不待訓解而可知。而鄭謂「丈夫，陽也」，「婦人，陰也」，及「陽動」、「陰静」等語，皆其衍説，汩亂本義者也。「匪教匪

❶「昊」，原脱，據通志堂本補。

誨，時維婦寺」者，謂婦人與寺人皆王所親近者，其日相親近，則不待教誨而習成其性爾。言婦寺者，舉類而言爾。而毛訓「寺」爲「近」，鄭謂「近愛婦人」。寺無訓近之義，且詩所刺婦人，本不謂疏遠者，不暇更言近也。「婦無公事，休其蠶織」者，謂婦人不當與外事，苟無公事，則但當樂其蠶織爾。「休」之義，當如「心逸日休」之「休」。而毛、鄭以爲「休息」也，謂婦止不蠶而干公事。考詩之文義，不如此也。公事者，王后以下所治宫中之内政，及共祭祀之事也。

詩本義卷第十二

維天之命

論曰：「維天之命」者，謂天命文王爾。鄭以「命」爲「道」，謂天道「動而不止，行而不已」者，以詩下文考之，非詩人之本義也。《序》言以「太平告文王」者，謂成王繼紹文、武之業，於時天下治安，乃歸其美於祖考，作爲歌頌，因其祭祀而歌之。其於祭文王也，乃述文王有盛德，以受天命之事爾。蓋頌作於成王之時而已，其年數早晚不可知，亦不必知。而鄭謂告太平在周公居攝五年之末者，既無所據，出於臆説。因謂既告之後，遂制禮作樂，又解「駿惠我文王」，「謂爲周禮六官之職」者，皆詩文所無，以惑後人者，不可不正也。

本義曰：成王謂天命文王以興周，文王中道而崩，天命不已，王其後世，乃大顯文王之德。假以及我，我其承之，以大順文王之德不敢違。又戒其子孫，益篤承之也。「假」之爲言，如「不以禮假人」之「假」。溢，及也，如水溢而旁及也。成王謙言，天本命文王興周，而文王不卒，遂假以及我爾。不言武王，主於祭文王也。

烈　文

論曰：詩云「錫兹祉福」，毛以爲文王錫之，鄭以爲天錫之。據《序》，言成王新即政，諸侯來助祭於廟，則祉福當爲文、武所錫，宜從毛義爲是。「無封靡于爾邦」，是詩人述成王告在廟諸侯之語，云無封不在于爾邦。而毛、鄭以爲無大累於爾邦者，非也。「無競維人，四方其訓之」，鄭於《抑》箋與此意同，亦非詩人之本義也。詩人述成王即位之初，與群臣謀政事於廟中，則《訪落》是也。王之見于廟也，諸侯來助祭，已事而去，以禮遣之，則《臣工》是也。其《序》皆言詩人所述之事。至於《烈文》之《序》，但云諸侯助祭，而不言詩人所述之事，其言略而不備者，以詩文甚明而易見，故《序》不復云也。今考詩意，乃是詩人述成王初見於廟，諸侯來助祭，既祭而君臣受福，自相勑戒之辭也。

本義曰：成王祭於廟，乃呼助祭之諸侯曰，烈文辟公，文、武錫此祉福矣，惠我君臣以無疆之休，子孫其永保之。「無封靡于爾邦」者，由言無封不在于爾邦，謂有封必于爾邦也。言我周之爵命，封建于爾邦，是先王所以尊崇諸侯，諸侯宜念此大功，世繼其序而增大之，故曰「維王其崇之」，又曰「念兹戎功，繼序其皇之」。此君勑其臣之辭也。莫彊於人，乃以其一身所修而爲四方之訓者，王也。其可不顯明其德，而使百辟爲法乎？嗚呼！前世之王皆不忘勉强於此。此臣戒其君之辭也。

天作

論曰：「天作高山，大王荒之」，考詩本義，但謂天有此高山，大王依以爲國爾。荒，奄也，謂奄有之爾。鄭謂「高山」爲「岐山」者，是也。又云「天生此高山，使興雲雨」者，衍語也。何山不興雲雨乎？毛又謂「天生萬物於高山，大王行道，能安天之所作」者，益非也。且物生於平地多，而高山少，豈獨能安山生之物乎？「彼作矣，文王康之」者，作，起也，彼，大王也，謂天起高山，大王奄有之，大王起於此，而文王安之。「彼徂矣，岐有夷之行」者，徂，往也，謂大王自豳往遷岐，夷其險阻而行。言艱難也，故其下言戒子孫保之也。鄭謂「彼作矣」爲「作宫室」，又云「岐邦之君，有佼易之道」者，皆非也。

時邁

論曰：據詩，但言「時邁其邦，昊天其子之，實右序有周」爾，鄭謂「多生賢知，使爲之臣」者，詩既無文，鄭何從而得此説？由鄭以「天其子之」既爲子周矣，嫌其下文又云「實右序有周」，義無所屬，故贅以多生賢臣之語爾。「載戢干戈，載櫜弓矢」，鄭謂「王巡守而天下感服，❶不復用兵」。考武王之事，蓋天下已定，遂收藏兵器，而後巡守爾，不得云王巡守而天下服也。「我求懿德，肆于時夏，允王保之」，鄭謂「我武王求有懿

❶ 「感」，通志堂本作「咸」。

德之士而任用之，故陳其功而歌之」。如鄭之説，是武王陳臣下之功而歌頌之，其下文云「允王保之」者，是誰呼武王而戒使長保也？鄭於此頌，其失尤多也。

本義曰：《時邁》者，是武王滅紂，已定天下，以時巡守，而其臣作詩頌美其事，以爲告祭柴望之樂歌也。其曰「時邁其邦，昊天其子之，實右序有周」者，言武王巡守所至之邦，天當子愛之，以其能右助我有周也。「薄言震之，莫不震疊」者，言武王巡守諸國，聊警動之，而諸侯皆警懼而脩職也。「莫不」者，非一之辭也。「懷柔百神，及河喬嶽，允王維后」者，言武王又來安和其山川百神，信矣，我王真天下之君也。「明昭有周，式序在位」者，言顯昭有周之命，以序諸侯之在位者。謂時邁所至之邦，考其功過而黜之，皆天子巡守所行之事也。作頌者既已述巡守之事，乃於卒章頌周之功德以告神，因以戒王。曰「載戢干戈，載櫜弓矢」者，言王以武除暴亂，成功而兵不用也。又曰「我求懿德，肆于時夏」者，「我」者，作頌之臣自我也，言我求周之美德，陳于是夏而歌之，遂戒王曰，信矣，王宜保守之。

思文　臣工

論曰：《思文》曰「貽我來牟」，《臣工》又曰「於皇來牟」，毛但以「牟」爲「麥」。而鄭於《思文》，謂「武王渡孟津，白魚躍入王舟，出涘以燎。後五日，火流爲烏，五至，以穀俱來」，此出於今文《尚書》僞《泰誓》之文也，故於《臣工》又云「赤烏以牟麥俱來」。甚矣，漢儒之好怪也。《生民》曰：「誕降嘉種：維秬維秠，維穈維芑。」毛謂詩言「誕降」者，「天降」也，鄭遂云「天應堯之顯后稷」，爲之下此四穀之嘉種。蓋毛、鄭於《生民》已爲天降四穀之説，至於《思文》、《臣工》，又爲此説，不獨鄭氏之失，毛意似亦同也。《書》稱后稷「播時百穀」者，蓋其爲舜教民耕殖，以足食爾，如後世有勸農之官也。非謂堯、舜已前，地無百穀，而民不粒食，待天降種與后稷而後有也。然則百穀草木，其有固已久矣，安知四穀之種爲后稷而降也？使天有顯然之迹，特爲后稷降此四穀，其降在於何地？自周、秦、戰國之際，去聖遠而異端起，奇書怪説不可勝道，而未嘗有天爲后稷降種之説，《詩》又無明文，但云「誕降」，則毛、鄭何據而云天爲后稷降種也？可謂無稽之言矣。是以先儒雖主毛、鄭之學者，亦覺其非，但云詩人美大其事，推天以爲言爾。然則毛、鄭於后稷喜爲怪説，前後不一也。自秦焚書之後，漢初伏生口傳《尚書》先出，而《泰誓》三篇，得於河内女子，其書有「白魚」、「赤烏」之事，其後魯恭王壞孔子宅，得真《尚書》，自有《泰誓》三篇，初無怪異之説，由是河内女子《泰誓》，世知非真，棄而不用，先儒謂之僞《泰誓》。然則白魚、赤烏之事甚爲繆妄，明智之士不待論而可知。然毛、鄭之説既存，汩亂經義，則中人以下不能無惑，不可以不正也。牟者，百穀中一穀爾，自漢以前已有此名，故孟子亦言「麰麥」。然言麰又言麥，則明非一物，蓋麥類也。而後之學者以麥不當有二名，因以牟爲大麥。然謂麰爲麥之類，或爲大麥，理尚可通，若謂「來麰」爲麥，則非爾。且毛、鄭所據僞《泰誓》但云「以穀俱至」，則在百穀之中不知爲何穀，是毛、鄭妄信僞書不可知之穀，億度以爲麥，而苟欲遷就「來牟」之説爾。古今諸儒謂「來麰」爲麥者，更無他書所見，直用此二頌毛、鄭之説爾，是以「來麰」爲麥，始出毛、鄭，而二家所據，乃臆度僞《泰誓》不可知之言爾。其可信哉？《爾雅·釋草》載《詩》所有諸穀之名，黍、稷、稻、粱之類甚多，而獨無麥，謂之「來牟」，是毛公之前，説詩者不以「來牟」爲麥可知矣。然「來牟」既不爲麥，而於《爾雅》亦無他解詁，旁考六經，

「牟」無義訓，多是人名地名爾，然則闕其不知可也。「來牟」之義既未詳，則二篇之義，亦當闕其所未詳。

敬之

論曰：《敬之》一章，毛、鄭失其義者三、四，則所得者幾何也？「陟降厥士，日監在兹」，毛但易「士」爲「事」，而都無其説。鄭遂云「天上下其事，謂轉運日月，施其所行」。且天之蒼然在上者，一氣也。運行晝夜，照臨萬物者，日月之明也。其所以降監善惡、禍福於人者，乃天之至神也。而鄭氏遂言天運日月，以日月瞻視，何其淺也？緝熙，詩書之常語也，而毛、鄭常以爲「光明」。至於此頌云「學有緝熙于光明」，然則緝熙不爲光明，可以悟矣。而二家對執，遂云「學有光明于光明」，謂賢中之賢，此豈爲通義哉？「示我顯德行」者，成王答群臣見戒之意爾。鄭謂成王「自知未能成文、武之功，周公始有居攝之志」。且周公所以居攝者，以武王初崩，成王幼，未能視事，遂代之攝行政事爾。蓋自武王崩之初即攝政也，豈待嗣君祭廟見群臣，自陳不能於詩頌，然後始有居攝之意邪？況考詩文了無此語。鄭氏之旨，不惟衍説，實惑後人，不可以不正也。「命不易哉」，當爲「難易」之「易」，毛、鄭以爲「變易」之「易」者，非也。

本義曰：群臣之戒成王曰，敬之哉，天道甚顯，然其命不易，無以天高爲去人遠，凡一士之微，其陟降天常監見之，況於王者乎？其舉止善惡，天監不遠也。「命不易哉」云者，言王者積功累仁，至於受命而王，甚艱難也。成王乃答群臣見戒之意，爲謙恭之辭曰，維予小子，不聰明於敬天之道，但當以日月勉强積學而增緝廣大，至於其道光明，然更賴群臣輔助我所負荷之任，而告示我以顯然可修之德行也。

酌

論曰：「於鑠王師，遵養時晦」，毛傳但云「遵，率；養，取；晦，昧」，而更無他説。爲義疏者述其意云，率此師以取是闇昧之君，謂誅紂以定天下。則毛公謂「於鑠王師」者，武王之師也。鄭箋云「文王之用師，率叛國以事紂」，則鄭又以爲文王之師也。二説自相違異，毛謂武王之師，是矣。而「遵養時晦」，毛、鄭之説皆非也。養之爲言，不待訓詁，而其義自明。毛訓爲「取」者，苟欲曲就己之説爾。「遵養」當連言，及下「時晦」共爲一事，而毛、鄭皆斷「遵」一字獨爲一義，而「養時晦」又爲一義，如此豈成文理？毛以「遵」爲「率師」，鄭謂「遵」爲「文王率殷之叛國以事紂」。且毛謂率師，猶以上文有王師之言，如鄭之説，是詩人但著一「遵」字，而使後世知是文王率殷之叛國以事紂。❶此鄭之臆説，穿鑿可知矣。毛謂武王率師以取闇君，雖非詩人所謂「遵養時晦」之義，然率師取紂，實是武王之事。但詩人之意，與毛不同爾。若鄭謂文王養紂以老其惡者，是厚誣文王也。紂爲暴虐，比干直諫以死，孔子目爲殷之仁人。蓋比干非不知紂之不可諫，然不忍棄其君而不救其惡，使陷於禍敗，遂冒死以進者，猶冀可救於萬一。孔子以其愛君之意篤，故以仁人目之。如鄭所謂文王者，異乎仁人之用心也。孔子於湯、武之事，心甚非之，其於論樂，云《武》「未盡善」，略見其意，而無明言以貶之，但咨嗟歎息，極稱文王之美而已。美於此，則非於彼可知矣，此聖人之深意也。苟如鄭説，則文

❶「文」，原誤作「大」，據通志堂本改。

王幸紂爲不善，養成其惡，利而取之。此小人尚或不爲，而孔子尚何極稱其美哉？是故知文王之用心者，惟孔子；一言而爲萬世信者，亦惟孔子也。由是言之，鄭氏可謂厚誣矣。鄭氏此説，近世學者多以爲非，而著論以辨之。余於此頌，因衆論而正之也。

本義曰：「於鑠王師」者，美武王之師也。「遵養時晦」者，循養以自晦之道，謂有師而不耀其威武，養之以晦也。「時純熙矣，是用大介」者，介，助也，時至而後動，乘時而興用王師，爲大助也。謂周興以德，不專用武，以師助其興爾。「我龍受之」者，謂武王之功興此王業，成王寵受而承之也。「蹻蹻王之造」，言蹻蹻然武功，武王之所爲也。「載用有嗣」者，謂後世能承其業，爲有嗣矣。「實維爾公」者，武王用師，實天下之至公，信可謂王師矣。

有駜

論曰：「有駜」之義，毛以爲「馬肥彊貌」，又謂「馬肥彊則能升高進遠，臣彊力則能安國」。據詩，但述乘馬肥彊爾。毛以喻臣能彊力，已爲衍説。而鄭又謂喻僖公用臣，必先足其禄食，則莫不盡忠。意謂畜馬者，必先豐其養飼，養飼豐，則馬肥彊，馬肥彊，則能盡力，以喻養臣者，必先豐其禄食，禄食足，則臣盡忠者，皆詩文所無。此又妄意詩人，而委曲爲説，故失詩之義愈遠也。「振振鷺，鷺于下」，毛以爲「興潔白之士」，鄭又謂僖公君臣無事，相與明義明德而已，潔白之士群集於君之朝，君與之飲酒。鄭所謂君臣明義明德者，解「在公明明」也，故爲義疏者廣鄭之説，謂僖公君臣既明德義，則潔白之士慕其所爲，群集於朝，因謂「在公」

爲舊臣,「振鷺」爲新來之士。不惟詩無明文,妄爲分别,非詩之本義。若以首章之義如鄭説,則舊臣夙夜在公,而新來之士飲酒醉舞,此豈近於人情? 所以然者,皆由委曲生意爲衍説,以自累也。據《序》,言「頌君臣之有道」者,謂僖公君臣之治國之道,致其國治民安,然後君臣燕樂有威儀爾。振鷺,取其能自修潔,翔集有威儀也。鄭於《周頌》,箋傳是矣。

本義曰:「有駜有駜,駜彼乘黄」者,僖公寵錫其臣車馬之盛也。「夙夜在公,在公明明」者,其臣修其官,稱其車服之謂也。「在公明明」者,謂修明其職也。「振振鷺,鷺于下。鼓咽咽,醉言舞。于胥樂兮」者,言其群臣能自修潔,有威儀,君臣燕飲以相樂也。胥,相也。其先言在公,而後言胥樂者,先公而後私也。下章「飲酒」、「載燕」,其義皆同卒章,❶箋傳是矣。

那

論曰:詩云:「置我鞉鼓。」毛、鄭皆讀「置」爲「植」,謂三代之鼓異制,夏足鼓,殷植鼓,周縣鼓,湯伐桀定天下,作《濩》樂,始用植鼓,故詩人歎美之者,非也。如毛、鄭之説,鞉貫而摇之,非植鼓,則「置」不讀爲「植」,已可知矣。且詩人稱頌成湯之功德,當舉其大者,如「正域彼四方」、「奄有九有」、「聖敬日躋」、「式于九圍」、「武王載旆,有虔秉鉞」之類是也。湯作《大濩》,雖是成功之樂,詩人欲歌頌之,必亦舉其大者。據禮

❶「卒」,據文義當作「首」。

家之説，三代器服，無一物相襲者。至於樂舞，其器甚衆，商人改夏制者，不可勝數，不獨植鼓也。鼓，衆樂器中一器爾。鞉，器之尤小者也。商人歌頌成湯功德，不應遺大舉小。若曰植鼓，取其變夏制而立殷制，則器服變制大者頗多，又況鞉非植鼓乎？《書》曰：「下管鞉鼓。」蓋自虞夏以來，舊物常用者，詩人必不引以爲成湯之美事，以此可知毛、鄭之非也。據《序》云「《那》，祀成湯也」，若依《序》説，商人作頌，以爲祀湯之樂歌，述其祀時樂舞之盛，以衎樂先祖，則得之矣。古人作頌之體，此類甚多，如《周頌·我將》祀文王，但述祀時羊牛肥腯，《執競》祀武王，亦言祀時鍾、鼓、管、磬之類是也。頌曰：「湯孫奏假。」毛謂湯孫者，成湯也，言湯善爲人子孫也。鄭謂湯孫者，太甲也。二家之説皆非也。且湯孫者，當是湯之孫爾。若以湯爲孫，則是商人謂其先祖爲孫，理豈得通？鄭以湯孫爲太甲者，但以世次數之，太甲於湯爲孫爾。至《烈祖》祀中宗，又云「湯孫之將」，《殷武》祀高宗，又云「湯孫之緒」，則《那》所謂湯孫者，不得爲太甲也。頌言湯孫者，斥主祀之時王爾。自太甲以下至紂，皆可爲湯孫，不知頌作於何時，所斥者何王爾。蓋商有天下六百年而爲周，自天下爲周，而微子封於宋，又四百餘年，而孔子始得《商頌》於宋，宋之禮壞樂崩久矣，其《頌》亡失之餘，纔五篇僅存爾。當孔子得《頌》時，已不知其作於何王之世也。然則湯孫不知是商之何王，鄭以爲太甲者，妄意而言爾。置，當讀如「置器」之「置」。「綏我思成」者，綏，安也，思，語助也，安然而成者，謂下章所陳管、磬和調而成聲也。毛引《禮記》「齋日」之説，亦非也。思，讀如「不可射思」之「思」。

本義曰：《猗那》之頌，詩人述商王祀其先祖成湯，美其樂舞，及其助祭諸侯與其執事之臣，皆由商王之能將其事也。其述樂也，先自其小者，故先言鞉鼓，次言管、磬，次言庸、鼓，次言萬舞，皆述其聲容之美。

又言諸侯助祭者皆悦懌，群臣執事者皆恭恪。一章三稱其主祀之時王，而謂之「湯孫」者，言其能主商祀之烝嘗，可謂湯之子孫矣。其大義止於如此爾。其始云「湯孫奏假」者，言能奏此樂而升薦之。鄭解「假」爲「升」，是也。其又云「於赫湯孫」者，謂於赫湯之孫也。詩人作此頌，以爲祀成湯之樂歌，其言湯孫能修祀事則可，若於赫者，盛美之辭也，不應自稱盛美之孫，以誇其先祖，故當爲於赫湯之孫也。卒云「湯孫之將」者，謂能將祀事也。其述樂先小者，而間稱湯孫，至于再三者，蓋詩無定體，作者之意或然也。

烈祖

論曰：《序》言「烈祖祀中宗」，則「嗟嗟烈祖」者，中宗也。鄭執《那》頌「烈祖」，以爲成湯者，非也。如丙以甲爲祖，戊亦可以丙爲祖矣，此古今人之常也。是則湯之後世以湯爲祖，中宗之後世以中宗爲祖，此常事也，何必曲爲之説哉？頌云：「亦有和羹，既戒既平。鬷假無言，時靡有争。」毛訓「假」爲「大」而已，鄭謂和羹「喻諸侯有和順之德」者，非也。其失自左氏傳《春秋》也。《左傳》魯昭二十年，晏子爲齊侯陳和、同之異，云「和，如羹焉」者，其意本譏齊侯與子猷同欲，不得爲和也。因引和羹爲喻，以謂和者，鹹、酸異味，相濟爲和，以喻君臣以可否相濟爲和，故曰「君臣亦然」。因引此頌云「亦有和羹」，但謂羹當以五味相和爾。古人引詩喻事，多不用詩本義，但取其一句，足以曉意而已，如《鵲巢》本述后妃，而魯穆叔引以喻晉君有國，而趙孟治之之類是也。方晏子引頌和羹，雖非詩義，而未爲甚失。鄭則不然。據詩上言「既載清酤」，下言「亦有和羹」，乃是直陳祭時酒與羹爾。鄭何據而爲喻諸侯哉？詩無明文，乃是臆説也。至於鄭解「鬷假無言」，以謂諸侯助祭，總升堂而齊一，寂然無言。而杜預注《左氏傳》：「言總大政，能使上下皆如和羹。」以此見先儒各用其意爲解，以就成己説，豈是詩人本意也？至如詩云「來假來饗，降福無疆」，假，至也，據詩，但言神至而饗，乃降福爾。蓋鄭訓「假」爲「升」，遂云諸侯助祭者來升堂獻酒，而神饗。且諸侯助祭，古無獻酒之禮，今詩又無明文，亦鄭之臆説也。

本義曰：嗟嗟我烈祖中宗，以其有常之福，申錫及爾。爾者，爾時主祀之王也。「既載清酤，賚我思成」，謂以清酒祼獻，而神賚我，使成祀事也。「亦有和羹」者，言調和此羹之人，謂膳夫也。「既戒既平」者，戒慎其事也。而「鬷假無言，❶時靡有争」者，謂執事之臣總至無喧譁，又不交侵其職位，以見在廟之人，皆肅恭而舉動得禮，所以神明錫以眉壽、黄耉之福也。「約軝錯衡，八鸞鶬鶬」者，此始謂助祭之諸侯也。「以假以享」者，謂諸侯既至而助享也。「我受命溥將，自天降康，豐年穰穰」者，我時王受天命溥將此祭祀，而天降豐穰，使我備物而祭，致神歆饗而降福也。上云「以享」者，謂諸侯來助，致享於神也。下云「來饗」者，謂神來至而歆饗也。

長發

論曰：「帝立子生商」，帝，上帝也，而鄭以爲黑帝。鄭惑讖緯，其不經之説，汩亂六經者不可勝數。學

❶「鬷假」，原誤作「總至」，據通志堂本改。

者稍知正道，自能識爲非聖之言，然今著于箋，以害詩義，不可以不去也。至「玄王桓撥」，又云「承黑帝而立子」者，亦宜去也。《書》稱「格王正厥事」、「寧王遺我大寶龜」，《商頌》亦云「武王載旆」之類甚多，蓋古人往往以美稱加王爾。玄者，深微之謂也，老氏言「玄之又玄」是矣，不必爲黑也。「苞有三蘖，莫遂莫達。九有有截，韋顧既伐，昆吾夏桀」，毛以「苞」爲「本」，「蘖」爲「餘」，訓詁是矣。鄭何據而爲「三正之後」乎？考文求義，謂一本而生三蘖也。然則大者爲本，小而附者爲蘖。夏所謂本也，韋也、顧也、昆吾也，所謂三蘖也。達，生長也。謂此三蘖莫能遂達其惡，皆伐而去之，并拔其本也。其曰「九有有截」者，言湯已爲天下所歸，用此九有之師以伐三蘖，并其本而去之也。

詩本義卷第十三

一義解

「《甘棠》，美召伯也。」其詩曰：「蔽芾甘棠，勿翦勿伐，召伯所茇。」毛、鄭皆謂蔽芾，小貌；茇，舍也。召伯本以不欲煩勞人，故舍於棠下。棠可容人舍其下，則非小樹也。據詩意，乃召伯死後，思其人，愛其樹而不忍伐，則作詩時益非小樹矣。毛、鄭謂「蔽芾」爲「小」者，失詩義矣。蔽，能蔽風日，俾人舍其下也。芾，茂盛貌。蔽芾，乃大樹之茂盛者也。

《邶·日月》，衛莊姜「遭州吁之難，傷己不見答於先君」也。其詩曰「日居月諸，東方自出。父兮母兮，畜我不卒」者，謂父母不能畜養我終身，而嫁我於衛，使至困窮也。女無不嫁，其曰「畜我不卒」者，困窮之人尤怨之辭也。鄭謂莊姜尊莊公如父母，而「遇我不終」者，非也。妻之事夫，尊親如父母，義無此理也。

「《谷風》，刺夫婦失道也。」衛人淫於新昏，而棄其舊室。其詩曰「毋逝我梁，毋發我笱。我躬不閲，遑恤我後」者，舊室被棄之辭也。禁其新昏毋發我笱者，言棄妻將去，猶顧惜其家之物。既而歎曰，我身不容，安能恤其後事乎？以見其妻雖去，而猶不忘其家，所以深嫉其夫也。鄭謂禁其新昏「毋之我家，以取我室家之道」者，非也。蓋舊室所以見棄者，爲有新昏爾，尚安能禁其毋之我家乎？又云「何暇憂我後所生之子孫」者，亦非也。據詩意，後，後事也。

「《簡兮》，刺不用賢也，衛之賢者仕於伶官」也。其詩曰「有力如虎，執轡如組。左手執籥，右手秉翟」者，謂此賢者才力皆可任用，而反使之執籥、秉翟爲伶官也。萬舞，正是惜其非所宜爲也，豈以爲能哉？矧能籥舞，豈足爲文武道備？鄭云「能籥舞，言文武道備」者，非也。

「《木瓜》，美齊桓公也。」衛國有狄人之敗，桓公救而封之，衛人思之，欲厚報也。其詩曰：「投我以木瓜，報之以瓊琚。匪報也，永以爲好也。」鄭謂「欲令齊長以爲玩好，結己國之恩」者，非也。詩人但言齊德於衛，衛思厚報，永爲兩國之好爾。好，當如「繼好息民」之「好」。木瓜，薄物。瓊琚，寶玉。取厚報之意爾，豈以爲玩好也？

「《蘀兮》，刺忽也。君弱臣强，不倡而和也。」其詩曰：「蘀兮蘀兮，風其吹女。」鄭謂「風喻號令，喻君有政教，臣乃行之」，近得之矣。又曰：「叔兮伯兮，❶倡予和女。」毛謂「君倡臣和」，是矣。鄭謂「群臣無其君，自以强弱相服，女倡矣，我則和之」者，非也。詩人本謂蘀須風吹則動，臣須君倡則和爾。如鄭之説，與上文意不相屬，非詩人之本義。國君以伯、叔稱其臣者，蓋大臣也。

《野有蔓草》，「民窮於兵革，男女失時，思不期而會」也。其詩曰：「野有蔓草，零露漙兮。有美一人，清揚婉兮。邂逅相遇，適我願兮。」此詩文甚明白，是男女婚娶失時，邂逅相遇於野草之間爾，何必仲春時也？

❶「叔兮伯兮」，原誤作「伯兮叔兮」，據通志堂本改。

《周禮》言「仲春之月，會男女之無夫家者」，學者多以此説爲非。就如其説，乃是平時之常事，兵亂之世，何待仲春？鄭以蔓草有露爲仲春，遂引《周禮》會男女之禮者，衍説也。

「《伐檀》，刺貪也。在位貪鄙，無功受禄，君子不得仕進」也。其詩曰：「坎坎伐檀兮，寘之河之干兮，河水清且漣猗。」毛謂「伐檀以俟世用，若俟河水清且漣」。如毛之説，是寘檀於濁河之側，以俟河清，不可得也。據詩文，乃寘檀於清河之側爾，初無俟清之意，知毛之説非也。詩人之意，謂伐檀將以爲車行陸，而寘於河干，河水雖清漣，然檀不得其用，如君子之不得仕進，莫能施其用矣。其下章伐輻、伐輪，義皆同也。

《羔裘》，「晉人刺其在位不恤其民也」。其詩曰：「羔裘豹祛，自我人居居。豈無他人？維子之故。」鄭謂「此民，卿大夫采邑之民」爾，又云「我不去者，念子故舊之人」。據詩，乃晉人述其國民怨上之辭。云我豈無他國可往，猶顧子而不去爾。在位者，晉國執政之大臣，民於上位何論故舊？《序》但云「不恤其民」，鄭何據而限以卿大夫采邑？皆曲説也。

「《七月》，陳王業也。」其詩曰：「三之日于耜，四之日舉趾。同我婦子，❶饁彼南畝，田畯至喜。」據詩，農夫在田，婦子往饋，田大夫見其勤農樂事而喜爾。鄭易「喜」爲「饎」，謂「饎，酒食也」，言餉婦爲田大夫設酒食也。鄭多改字，前世學者已非之。然義有不通，不得已而改者，猶所不取，況此義自明，何必改之以曲就衍説也。

---

❶「婦」，原誤作「父」，據通志堂本改。

「《南山有臺》，樂得賢也。」其詩曰：「南山有臺，北山有萊。樂只君子，邦家之基。」鄭謂「山有草木，以自覆蓋，成其高大，喻人君有賢臣，以自尊顯」者，非也。考詩之義，本謂高山多草木，如周大國多賢才爾。且山以其高大，故草木託以生也，豈由草木覆蓋，然後成其高大哉！

「《菁菁者莪》，樂育材也。君子能長育人材，則天下喜樂之矣。」其詩曰：「菁菁者莪，在彼中阿。既見君子，樂且有儀。」育材之道博矣，人之材性不一，故善育材者各因其性而養成之。或教於學，或命以官，勸以爵禄，勵以名節，使人人各極其所能。然則君子所以長育之道，亦非一也。而鄭氏引禮家之説，曰「人君教學國人，秀士、選士、俊士、造士、進士，養之以漸至於官之」者，拘儒之狹論也。又曰「既教學之，又不征役」者，衍説也。「既見君子，樂且有儀」，謂此君子樂易而有威儀爾。樂易，所以容衆。有儀，所以爲人法也。而鄭謂有官爵然後得見君子，「見則心喜樂，又以禮儀見接」者，亦衍説也。鄭氏於《詩》，❶常患以衍説害義，如其所説，則未往之人不見君子，而不得教育矣。

「《采芑》，宣王南征也。」其詩稱述將帥、師徒、車服之盛，威武之容。而其首章曰「薄言采芑，❷于彼新田，于此菑畝」者，言宣王命方叔爲將，以伐蠻荆，取之之易，如采芑爾。芑，苦菜也，人所常食，易得之物，于新田亦得之，于菑畝亦得之。如宣王征伐四夷，所往必獲也。其言采芑，猶今人云拾芥也。其所以往而必

❶「於」，通志堂本作「解」。
❷「薄言」，原誤作「于以」，據通志堂本改。

得之易者，由命方叔爲將，而師徒、車服之盛，威武之容，如詩下章所陳是也。毛、鄭於此篇車服物名訓詁尤多，其學博矣，獨於采芑之義失之，以謂宣王中興，必用新美天下之士，鄭又謂和治軍士之家，而養育其身。可謂迂疎矣。

《頍弁》，「刺幽王也」。「暴戾無親」，「孤危將亡」也。其詩曰：「如彼雨雪，先集維霰。」箋云：「喻幽王不親九族亦有漸，自微至甚，如先霰後大雪。」非詩意也。考詩之意，非謂不親九族。有漸，謂其危亡有漸爾。謂國將亡，必先離其九族，如雪將降，必先下霰，見霰知必有雪，見九族離心知必亡國，必然之理也。故其下文云「死喪無日，無幾相見」也。

《魚藻》，刺幽王也。言萬物失其性，王居鎬京，將不能以自樂，故君子思古之武王焉。」其詩曰：「魚在在藻，有頒其首。王在在鎬，豈樂飲酒。」鄭謂「魚之依水草，猶人之依明王」，明王之時，魚處於藻，得其性則肥充。詩之言有述事者，有比物者，一句之中，不能兼此兩義也。魚藻，述事之言也。詩人謂幽王時，萬物失其性而不安其生，王亦將不能長有其樂也。乃思古武王之時，萬物得其性，故王亦安其樂。其言「魚在在藻」者，言萬物之得其性也。「王在在鎬」者，謂武王安其樂爾。其義止於如此而已。鄭謂魚依水草，如人依明王者，非詩人之本意也。

《板》，刺厲王也。」其詩曰「上帝板板，下民卒癉」者，上帝，天也，其民呼天而訴。曰「上帝板板」者，❶

❶ 「板板」，原誤作「反反」，據通志堂本改。

謂天宜愛養民下，而今反使民皆病也。其義如此而已。毛、鄭以爲上帝斥王者，非也。其下云「天之方難」，又以爲斥王者，亦非也。「天之方蹶」、「方虐」、「方懠」及「天之牖民」，皆呼天而訴之辭也。其謂「天之方虐」者，天不宜酷虐，蓋民怨尤之辭，猶言天未悔禍也。苟如鄭説，其卒章云「敬天之怒」，又豈得爲斥王乎？故凡言天者，皆謂上天也。

《雲漢》，仍叔美宣王也。「遇裁而懼，側身修行，欲銷去之。」其詩曰：「昊天上帝，則不我遺。胡不相畏？先祖于摧。」毛訓「摧」爲「至」，初無義理。鄭又改「摧」爲「嗺」，嗟也。改字，先儒不取。據詩，摧，當爲「摧壞」之義，謂旱既大甚，人民饑饉，不能爲國，則將摧壞先祖之基業爾。故其下章又云「父母先祖，胡寧忍予」者，其義同也。而毛、鄭皆謂「先祖，文、武爲民父母」者，亦非也。蓋詩人述宣王訴于父母及先祖爾。

《召旻》，凡伯刺幽王大壞也。」其詩曰：「旻天疾威，天篤降喪。」又云：「天降罪罟。」皆述周之人民呼天而怨訴之辭也，其義與《瞻卬》同。而毛、鄭常以爲斥王者，皆非也。

《有客》，微子來見祖廟也。」其詩曰：「有客有客，亦白其馬。」毛以爲「亦周」，鄭以爲「亦武庚」者，其説皆非也。毛、鄭之意，謂亦者，又也，有因之辭也。以謂彼既爲是，此又爲是者爲亦也。其謂「亦周」、「亦武庚」者，謂周人與武庚乘白馬，而微子亦乘白馬也。今考詩之文不然。詩言「亦」者多矣，若《抑》曰「哲人之愚，亦惟斯戾」者，似因上文先述庶人之愚，然庶人之愚，自云「亦職惟疾」，則又無所因，以此知其不然也。《卷阿》曰：「鳳皇于飛，亦集爰止。」鄭以爲「亦衆鳥」，其義不通，已見别論。至于下章又云

「亦傅于天」，❶則鄭更無所説。《菀柳》曰：「有鳥高飛，亦傅于天。」鄭亦無所説，蓋其義不通，不能爲説也。至於「人亦有言」、「亦孔之哀」、「民亦勞止」之類甚多，皆非有所亦。蓋亦者，詩人之語助爾。然則「亦白其馬」者，直謂有客乘白馬爾。況詩無「周」及「武庚」之文，二家妄自爲説，所以不同也。

《閟宫》，頌僖公也。其詩曰：「赫赫姜嫄，其德不回。上帝是依，無災無害，彌月不遲。」毛謂「上帝是依，依其子孫」。鄭謂「依其身也」，天「依馮而降精氣」。鄭之此説，是用「履帝武敏歆」之説也，其言怪妄，《生民》之論詳之矣。而毛謂「依其子孫」者，亦非也。其上下文方言姜嫄生后稷時事，與上帝依其子孫，文意不屬。據詩意，依，猶賴也。謂上帝是賴者，言姜原賴天帝之靈而生后稷，無災害爾。

取舍義

《緑衣》，衛莊姜傷己也。「言妾上僭，夫人失位也。其詩曰：「緑兮衣兮，緑衣黄裏。」毛謂「緑，間色，黄，正色」者，言間色賤，反爲衣，正色貴，反爲裏，以喻妾上僭而夫人失位，其義甚明。而鄭改「緑」爲「褖」，謂褖衣當以素紗爲裏，而反以黄。先儒所以不取鄭氏於詩改字者，以謂六經有所不通，當闕之以俟知者，若改字以就己説，則何人不能爲説，何字不可改也？況毛義甚明，無煩改字也。當從毛。

《旄丘》，責衛伯也。狄人迫逐，黎侯寓于衛，衛不能修方伯連率之職，黎之臣子以責於衛也。」其卒章

❶ 「于」，通志堂本作「其」。

曰：「叔兮伯兮，褎如充耳。」毛謂「大夫褎然有尊盛之服，而不能稱」。鄭謂「充耳，塞耳也，言衛諸臣如塞耳無聞知也」。據詩，四章皆責衛之辭，其卒章云「充耳」者，謂衛諸臣聞我所責，如不聞也。鄭義爲長，當從鄭。

《出其東門》，閔亂也。」鄭「公子五争」，❶「男女相棄」，「思保其室家焉」。其詩曰：「出其闉闍，有女如荼。」毛謂：「荼，英荼也。言皆喪服也。」鄭謂：「荼，茅秀，物之輕者，飛行無常。」考詩之意，云「如荼」者，是以女比物也。毛謂喪服，疎矣，且棄女不當喪服。而下文云：「雖則如荼，匪我思且。」言女雖輕美，匪我所思爾。以文義求之，不得爲喪服。當從鄭。

《載驅》，❷齊人刺襄公也。」「盛其車服」，「與文姜淫，播其惡於萬民焉」。其詩曰：「四驪濟濟，垂轡瀰瀰。魯道有蕩，齊子豈弟。」毛云「言文姜於是樂易然」者，謂文姜爲淫穢之行，曾不畏忌人，而襄公乘驪垂轡而行魯道，文姜安然樂易，無慙恥之色也。其義甚明。鄭改「豈」字爲「闓」，轉引古文《尚書》，以「弟」爲「圛」，而訓「圛」爲「明」，以謂闓明猶發夕也。迂疎甚矣。當從毛。

《敝笱》，刺文姜也。」「魯桓公微弱，不能防閑文姜，使至淫亂。」其詩曰：「敝笱在梁，其魚魴鰥。」毛謂「鰥，大魚」也。鄭謂：「鰥，魚子也。」孔穎達《正義》引《孔叢子》言鰥魚之大盈車，則毛爲大魚，不無據矣。

❶「争」下，通志堂本有「兵革不息」四字。

❷「載驅」至「從毛」一段，通志堂本此篇在下篇「敝笱」至「從毛」一段之後，宜從。

鄭改「鰥」字爲「鯤」，遂以爲魚子，其義得失，不較可知也。詩人之意，本以魯桓弱不能制强，則敝笱不能制大魚，是其本義。苟如鄭説，則小猶不能制，大則可知，義亦可通。然鰥爲大魚，非毛臆説，又其下文言從者如雲雨，是其黨衆盛恣行，無所畏忌，以見齊子强盛，宜以大魚爲比。皆當從毛。

「《園有桃》，刺時也。大夫憂其君儉嗇不能用其民」也。其詩曰：「園有桃，其實之殽。」毛謂「園有桃，其實之食，國有民，得其力」，鄭謂「魏君薄公税，省國用，不取於民，食園桃而已」。考詩之意，本刺魏君儉嗇，不能用其民者，謂不知爲國者用有常度，其取於民有道，而過自儉嗇爾。非謂其不取於民，但食桃也。桃非終歲常食之物，於理不通。其曰「園有桃，其實之殽」，謂園有桃尚可取而食，況國有人民，反不能取之以道，至使國用不足而爲儉嗇乎？毛説爲是，當從毛。

「《椒聊》，刺晉昭公也。君子見沃之盛彊」，「知其蕃衍盛大，子孫將有晉國焉」。其詩曰：「椒聊之實，蕃衍盈升。彼其之子，碩大無朋。」毛謂「朋，比也」，鄭謂「平均無朋黨」。「彼其之子」，曲沃桓叔也。詩人但憂桓叔盛大，將奪晉國，本不美其爲政平均也。毛以「朋」爲「比」，比者，以類相附之謂也。無朋者，謂桓叔盛大，無與爲比，謂其特盛出於倫類也。義當從毛。

「《綢繆》，刺晉亂也。國亂則昏姻不得其時。」其詩曰：「綢繆束薪，三星在天。」毛謂：「三星，參也。男女待禮而成，若薪芻待人事而後束。」鄭謂：「三星，心星也。二月之合宿，故嫁娶者以爲候。今我束薪於野，乃見在天，則三月之末，四月之中，見於東方矣，故云不得其時。」參、心皆三星，而知鄭義爲得者，以其所見之月候，嫁娶早晚爲有理。毛以束薪喻男女成婚，於義不類。鄭謂因束薪於野，而見天星，義簡而直，故皆當從鄭。

「《蜉蝣》，刺奢也。昭公國小而迫」，「好奢而任小人」也。其詩曰：「蜉蝣之羽，衣裳楚楚。」考詩之意，謂曹國迫小，而昭公無法自守，將至危亡，但好奢侈，而整飾其衣服，楚楚然如蜉蝣，雖有羽翼不能久生也。鄭謂「不知君臣死亡無日，如渠略」者是也。毛謂渠略「猶有羽翼以自修」，則是昭公不能修飾衣服，不如渠略爾，與詩之義正相反也。當從鄭。

「《下泉》，思治也。曹人疾共公侵刻下民」也。其詩曰：「洌彼下泉，浸彼苞稂。」毛謂：「稂，童粱，非溉草，得水而病。」鄭謂：「稂，當作『涼』。涼草，蕭蓍之屬。」毛、鄭皆謂泉流浸病其草，如共公爲政，困病其民。大意則同，但稂爲童粱，其義自通，何煩改字？理當從毛。

「《楚茨》，刺幽王也。」其詩曰：「或肆或將。」毛謂肆者，陳于牙；將者，齊于肉。鄭謂「或肆其骨體於俎，或捧持而進之」。詩之大義，毛、鄭皆得之，無所違異。惟此一句，雖不害大義，然各爲一説，使學者莫知所從。以理考之，當從鄭。

「《玄鳥》，祀高宗也。」其詩曰：「天命玄鳥，降而生商。」毛謂：「春分玄鳥降，有娀氏女簡狄，配高辛氏帝，帝率與之祈于郊禖而生契，故本其爲天所命，以玄鳥至而生焉。」古今雖相去遠矣，其爲天地人物，與今無以異也。毛氏之説，以今人情物理推之，事不爲怪，宜其存之。而鄭謂吞鳶卵而生契者，怪妄之説也。秦漢之間，學者喜爲異説，謂高辛氏之妃陳鋒氏女，感赤龍精而生堯，簡狄吞乙卵而生契，姜嫄履大人迹而生后稷。高辛四妃，其三皆以神異而生子，蓋堯有盛德，契、稷後世皆王天下數百年。學者喜爲之稱述，欲神其事，故務爲奇説也。至帝摯，無所稱，故獨無説。鄭學博而不知統，又特喜讖緯諸書，故於怪説尤篤信。由是言之，義當從毛。

詩本義卷第十四

時世論

鄭氏譜《周南》、《召南》，言文王受命，作邑於豐，乃分岐邦周、召之邑，以爲周公旦、召公奭之采地，使施先公太王、王季之教於已所職六州之國，其民被二公之德教尤純。至武王滅紂，巡守天下，陳其詩以屬太師，分而國之。其得聖人之化者，繫之周公，謂之《周南》。其得賢人之化者，繫之召公，謂之《召南》。今考之於詩義，皆不合。而爲其説者，又自相抵梧。❶ 所謂被二公之德教者，是周公旦、召公奭所施太王、王季之德教爾。今周、召之詩二十五篇，《關雎》、《葛覃》、《卷耳》、《樛木》、《螽斯》、《桃夭》、《兔罝》、《芣苢》，皆后妃之事，《鵲巢》、《采蘩》、《小星》，皆夫人之事，夫人乃大姒也。《麟趾》、《騶虞》，皆后妃、夫人德化之應，《草蟲》、《采蘋》、《殷其雷》，皆大夫妻之事，《漢廣》、《汝墳》、《羔羊》、《摽有梅》、《江有汜》、《野有死麕》，皆言文王之化。蓋此二十二篇之詩，皆述文王、太姒之事。其餘三篇，《甘棠》、《行露》言召伯聽訟，《何彼襛矣》乃

❶「梧」，通志堂本作「牾」。

武王時詩。❶ 烏有所謂二公所施先公之德教哉？ 此以《譜》考詩義，不能合者也。❷《譜》言得聖人之化者，謂周公也，得賢人之化者，謂召公也。 謂旦、奭共行先公之德教，而其所施自有優劣，故以聖、賢别之爾。 今詩所述，既非先公之德教，而二《南》皆是文王、大姒之事，無所優劣，不可分其聖、賢。 所謂文王、大姒之事者，其德教自家刑國，皆其夫婦身自行之，以化其下，久而變紂之惡俗，成周之王道，而著於歌頌爾。 蓋《譜》謂先公之德教者，周、召二公未嘗有所施，而二《南》所載文王、大姒之化，二公亦又不得而與。 然則鄭《譜》之説，左右皆不能合也。 後之爲鄭學者，又謂《譜》言聖人之化者爲文王，賢人之化者爲大王、王季。 然《譜》本謂二公行先公之教，初不及文王，則爲鄭學者又自相抵梧矣。❸ 今《詩》之《序》曰，「《關雎》、《麟趾》之化，王者之風，故繫之周公」；「《鵲巢》、《騶虞》之德，諸侯之風」，「故繫之召公」。 至於《關雎》、《鵲巢》所述一大姒爾，何以爲后妃？ 何以爲夫人？ 二《南》之事，一文王爾，何以爲王者？ 何以爲諸侯？ 則《序》皆不通也。 又不言詩作之時世。 蓋自孔子殁，群弟子散亡，而六經多失其旨，《詩》以諷誦相傳，五方異俗，物名字訓往往不同，故於六經之失，《詩》尤甚。《詩》三百餘篇，作非一人，所作非一國，先後非一時，而世久失傳，故於《詩》之失，時世尤甚。 周之德盛於文、武，其詩爲風，爲雅，爲頌。 風有《周南》、《召南》，雅有《大雅》、

❶ 「時」下，通志堂本有「之」字。

❷ 「不」上，通志堂本有「皆」字。

❸ 「梧」，通志堂本作「牾」。

《小雅》，其義類非一，或當時所作，或後世所述，故於《詩》時世之失，周詩尤甚。自秦漢已來，學者之説不同多矣，不獨鄭氏之失也。昔孔子嘗言《關雎》矣，曰：「哀而不傷。」太史公又曰：「周道缺，詩人本之衽席，《關雎》作。」而齊、魯、韓三家皆以爲康王政衰之詩，皆與鄭氏之説其意不類。蓋常以哀傷爲言，由是言之，謂《關雎》爲周衰之作者，近是矣。周之爲周也，遠自上世積德累仁，至於文王之盛，征伐諸侯之不服者，天下歸者三分有二，其仁德所及，下至昆蟲、草木，如《靈臺》、《行葦》之所述，蓋其功業盛大，積累之勤，其來遠矣。其威德被天下者，非一事也。大姒賢妃，又有内助之功爾。而言詩者過爲稱述，遂以《關雎》爲王化之本，以謂文王之興自大姒始，故於衆篇所述德化之盛，皆云后妃之化所致。至於天下太平，《麟趾》與《騶虞》之瑞，❶亦以爲后妃功化之成效，故曰「《麟趾》、《關雎》之應」、「《騶虞》、《鵲巢》之應」也。何其過論歟！夫王者之興，豈專由女德？惟其後世因婦人以致衰亂，則宜思其初有婦德之助以興爾。因其所以衰，思其所以興，此《關雎》之所以作也。其思彼之辭甚美，則哀此之意亦深，其言緩，其意遠。孔子曰「哀而不傷」，謂此也。司馬遷之於學也，雜博而無所擇，❷然其去周秦未遠，其爲説必有老師宿儒之所傳，其曰「周道缺而《關雎》作」，不知自何而得此言也。吾有取焉。昔吴季札聞魯人之歌《小雅》也，曰：「思而不貳，怨而不言，其周德之衰乎？猶有先王之遺民焉。」而太史公亦曰：「仁義陵遲，《鹿鳴》刺焉。」然則《小雅》者，亦周衰之

❶「趾」，原脱，據通志堂本補。
❷「雜」，通志堂本作「雖」。

作也。《周頌·昊天有成命》曰：「二后受之，成王不敢康。」所謂二后者，文、武也。則成王者，成王也。猶文王之爲文王，武王之爲武王也。然則《昊天有成命》當是康王已後之詩，而毛、鄭之説，以頌皆是成王時作，遂以「成王」爲「成此王功不敢康」。《執競》曰：「執競武王，無競維烈。不顯成康，上帝是皇。自彼成康，奄有四方。」所謂成、康者，成王、康王也，猶文王、武王謂之文、武爾。然則《執競》者，當是昭王已後之詩。而毛以爲「成大功而安之」，鄭以爲「成安祖考之道」，皆以爲武王也。據詩之文，但云成、康爾，而毛、鄭自出其意，各以增就其己説，而意又不同，使後世何所適從哉？《噫嘻》曰「噫嘻成王」者，亦成王也。而毛、鄭亦皆以爲武王，由信其己説，以頌皆成王時作也。詩所謂成王者，成王也。成、康者，成王、康王也。豈不簡且直哉？而毛、鄭之説，豈不迂而曲也？以爲成王、康王，則於詩文理易通。如毛、鄭之説，則文義不完而難通。然學者捨簡而從迂，捨直而從曲，捨易通而從難通，或信焉而不知其非，或疑焉而不敢辨者，以去詩時世遠，茫昧而難明也。余於《周南》、《召南》，辨其不合者，而《關雎》之作，取其近是者焉，蓋其説合於孔子之言也。若雅也、頌也，則辨之而不敢必，而有待焉。夫毛、鄭之失，患於自信其學而曲遂其説也。若余又將自信，則是笑奔車之覆而疾驅以追之也。然見其失，不可以不辨，辨而不敢必，使余之説得與毛、鄭之説並立於世，以待夫明者而擇焉可也。

本末論

《關雎》、《鵲巢》，文王之詩也，不繫之文王，而下繫之周公、召公。召公自有詩，則得列於本國，周公亦自有詩，則不得列於本國，而上繫於豳。豳，大王之國也，考其詩，則周公之詩也。周、召，周公、召公之國也，考其詩，則文王之詩也。《何彼穠矣》，武王之詩，不列於雅，而寓于《召南》之風。《棠棣》，周公之詩也，不列於《周南》，而寓於文王之雅。衛之詩，一公之詩也，或繫之邶，或繫之鄘，或繫之衛。詩述在位之君，而風繫已亡之國。晉之爲晉久矣，不得爲晉，而謂之唐。鄭去咸林而徙河南，爲鄭甚新，而遂得爲鄭。自漢已來，其説多矣。蓋《詩》之類例不一如此，宜其説者之紛然也。問者曰，然則其將奈何？應之曰，吾之於《詩》，有幸有不幸也。不幸者，遠出聖人之後，不得質吾疑也。幸者，《詩》之本義在爾。《詩》之作也，觸事感物，文之以言，善者美之，惡者刺之，以發其揄揚怨憤於口，道其哀樂喜怒於心，此詩人之意也。古者，國有采詩之官，得而録之，以屬太師，播之於樂，於是考其義類而別之，以爲風、雅、頌，而次比之以藏于有司，而用之宗廟、朝廷，下至鄉人聚會，此太師之職也。世久而失其傳，亂其雅、頌，亡其次序，又採者積多而無所擇。孔子生於周末，方修禮樂之壞，於是正其雅、頌，删其煩重，列於六經，著其善惡，以爲勸戒，此聖人之志也。周道既衰，學校廢而異端起。及漢承秦焚書之後，諸儒講説者整齊殘缺以爲之義訓，恥於不知，而人人各自爲説，至或遷就其事，以曲成其已學，其於聖人，有得有失，此經師之業也。惟是詩人之意也，太師之職也，聖人之志也，經師之業也，今之學《詩》者不出於此四者，而罕有得焉者，何哉？勞其心而不知其要，逐其末而忘其本也。何謂本末？作此詩，述此事，善則美，惡則刺，所謂詩人之意者，本也。正其名，別其類，或繫於彼，或繫於此，所謂太師之職者，末也。察其美刺，知其善惡，以爲勸戒，所謂聖人之志者，本也。求詩人之意，達聖人之志者，經師之本也。講太師之職，因其失傳而妄自爲之説者，經師之末也。今夫學者，得其本而通其末，斯盡善矣。得其本而不通其末，闕其所疑可也。雖其本有所不能達者，❶猶將闕之，況其末乎？所謂周、召、邶、鄘、唐、豳之風，是何疑也？考之諸儒之説，既不能通，欲從聖人而質焉，又不得，然皆其末也。若《詩》之所載，事之善惡，言之美刺，所謂詩人之意，幸其具在也。然頗爲衆説汩之，使其義不明。今去其汩亂之説，則本義粲然而出矣。今夫學者，知前事之善惡，知詩人之美刺，知聖人之勸戒，是謂知學之本而得其要。其學足矣，又何求焉？其末之可疑者，闕其不知可也。蓋詩人之作詩也，固不謀於太師矣。今夫學《詩》者，求詩人之意而已，太師之職有所不知，何害乎學《詩》也？若聖人之勸戒者，詩人之美刺是已。知詩人之意，則得聖人之志矣。

豳問

或問，《七月》，豳風也。而鄭氏分爲雅、頌。其詩八章，以其一章、二章爲風，三章、四章、五章、六章之半爲雅，又以六章之半、七章、八章爲頌。一篇之詩，别爲三體，而一章之言，半爲雅，而半爲頌，詩之義果若是乎？應之曰，《七月》，周公之作也。其言豳土寒暑氣節、農桑之候、勤生樂事、男女耕織、衣食之本，以見大王居豳，興起王業艱難之事，此詩之本義，毛、鄭得之矣。其爲風，爲雅，爲頌，吾所不知也。所謂《七月》

❶ 「達」，通志堂本作「通」。

之本義幸在者，吾既得之矣。其末有所難知者，闕之可也。雖然，吾知鄭氏之説自相抵梧者矣。❶今詩之經，毛、鄭所學之經也。經以爲風，而鄭氏以爲雅、頌，豈不戾哉？夫一國之事謂之風，天下之政謂之雅，以其成功告於神明謂之頌，此毛、鄭之説也。然則風，諸侯之事，雅，天子之事也。今所謂《七月》者，謂之風可矣，謂之雅、頌，則非天子之事，又非告功於神明者，此又其戾者也。風、雅、頌之爲名，未必然。然於其所自爲説，有不能通也。問者又曰，鄭氏所以分爲雅、頌者，豈非以《周禮·籥章》之職，有吹豳詩雅、頌之説乎？應之曰，今之所謂《周禮》者，不完之書也。其禮樂制度蓋有周之大法焉，至其考之於事，則繁雜而難行者多，故自漢興，六經復出，而《周禮》獨不爲諸儒所取，至或以爲黷亂不驗之書。獨鄭氏尤推尊之，宜其分豳之風爲雅、頌，以合其事也。問者又曰，今豳詩七篇，自《鴟鴞》以下，六篇皆非豳事，獨《七月》一篇，豈足以自爲一國之風？然則《七月》而下七篇寓於豳風爾，豳其自有詩乎？《周禮》所謂豳雅、豳頌者，豈不爲《七月》？而自有豳詩，而今亡者乎？至於《七月》，亦嘗亡矣，故齊、魯、韓三家之《詩》皆無之。由是言之，豳詩其猶有亡者乎？應之曰，經有其文，猶有不可知者，經無其事，吾其可逆意而謂然乎？

魯問

或問，《魯詩》之頌僖公盛矣，信乎？其克淮夷，伐戎狄，服荆舒，荒徐宅，至于海邦蠻貊，莫不從命，何

---

❶「梧」，通志堂本作「牾」。

其盛也。《泮水》曰：「既作泮宫，淮夷攸服。矯矯武臣，在泮獻馘。」又曰：「既克淮夷，孔淑不逆。」又曰：「憬彼淮夷，來獻其琛。」《閟宫》曰：「戎狄是膺，荆舒是懲。」又曰：「淮夷來同，魯侯之功。」又曰：「遂荒徐宅，至于海邦，淮夷蠻貊，及彼南夷，莫不率從。」其武功之盛，威德所加，如詩所陳，五霸不及也。然魯在春秋時，常爲弱國，其與諸侯會盟征伐，見於《春秋》、《史記》者，可數也。皆無詩人所頌之事。而淮夷、戎狄、荆舒、徐人之事，❶有見於《春秋》者，又皆與頌不合者，何也？按《春秋》，僖公在位三十三年，其伐邾者四，敗莒、滅項者各一，此魯國自用兵也。其四年，伐楚侵陳，六年，伐鄭，是時齊桓公方稱伯，主兵率諸侯之師，而魯亦與焉爾。二十八年，圍許，是時晉文公方稱伯，主兵率諸侯，而魯亦與焉爾。十五年，楚伐徐，魯救徐，而徐敗。十八年，宋伐齊，魯救齊，而齊敗。二十六年，❷齊人侵伐魯鄙，魯乞師于楚，楚爲伐齊取穀。《春秋》所記僖公之兵，止於是矣。其自主兵所伐邾、莒、項，皆小國，雖能滅項，反見執於齊。其所伐大國，皆齊、晉主兵，其所救者，又力不能勝而輒敗。由是言之，魯非强國可知也，烏有詩人所頌威武之功乎？其所侵伐小國，《春秋》必書，烏有所謂克服淮夷之事乎？惟其十六年，一會齊侯于淮爾。是會也，淮夷侵鄫，齊桓來會，謀救鄫爾。由是言之，淮夷未嘗服於魯也。其曰「戎狄是膺，荆舒是懲」者，鄭氏以謂僖公與齊桓舉義兵，北當戎與狄，南艾荆及群舒。按僖公即位之元年，齊桓二十七年也。齊桓十七年伐山戎，遠在僖公

❶「徐人之事」，原誤作「徐之人事」，據通志堂本改。

❷「六」，原誤作「五」，據通志堂本改。按，《春秋》事在僖公二十六年。

未即位之前，至僖公十年，齊侯、許男伐北戎，魯又不與。鄭氏之説既繆，而詩所謂「戎狄是膺」者，孟子又曰「周公方且膺之」。如孟子之説，豈僖公事也？荆，楚也。僖公之元年，楚成王之十三年也，是時，楚方强盛，非魯所能制。僖之四年，從齊桓伐楚，而齊以楚强不敢速進，乃次于陘，而楚遂與齊盟于召陵。此豈魯僖得以爲功哉？六年，楚伐許，又從齊桓救許，而力不能勝，許男卒面縛銜璧降于楚。十五年，楚伐徐，又從齊桓救徐，而又力不能勝，楚卒敗徐，取其婁林之邑。舒在僖公之世，未嘗與魯通，惟三年，徐人取舒一見爾，蓋舒爲徐取之矣。然則鄭氏謂僖公與齊桓南艾荆及群舒者，亦繆矣。由是言之，詩所謂「戎狄是膺，荆舒是懲」者，皆與《春秋》不合矣。楚之伐徐，取婁林，齊人、徐人伐楚英氏以報之，蓋徐人之有楚伐也，不求助於魯，而求助於齊以報之，以此見徐非魯之與國也。則所謂「遂荒徐宅」者，亦不合於《春秋》矣。《詩》，孔子所删正也。《春秋》，孔子所修也。《詩》之言不妄，則《春秋》疏繆矣。《春秋》可信，則《詩》妄作也。其將奈何？應之曰，吾固已言之矣，雖其本有所不能達者，猶將闕之是也。惟闕其不知，以俟焉可也。

序問

或問，《詩》之《序》，卜商作乎？衛宏作乎？非二人之作，則作者其誰乎？應之曰，《書》、《春秋》皆有《序》，而著其名氏，故可知其作者。《詩》之《序》不著其名氏，安得而知之乎？雖然，非子夏之作，則可以知也。曰，何以知之？應之曰，子夏親受學於孔子，宜其得《詩》之大旨，其言風、雅有變、正，而論《關雎》、《鵲巢》，繫之周公、召公，使子夏而序《詩》，不爲此言也。自聖人没，六經多失其傳，一經之學，分爲數家，不勝其異説也。當漢之初，《詩》之説分爲齊、魯、韓三家，晚而毛氏之《詩》始出。久之，三家之學皆廢而《毛詩》獨行，以至于今不絶。今齊、魯之學，没不復見，而《韓詩》遺説，往往見於他書。至其經文亦不同，如逶迤、郁夷之類是也。然不見其終始，亦莫知其是非。自漢以來，學者多矣，其卒捨三家而從毛公者，蓋以其源流所自，得聖人之旨多歟？今考《毛詩》諸《序》，與孟子説《詩》多合，故吾於《詩》，常以《序》爲證也。至其時有小失，隨而正之。惟《周南》、《召南》，失者類多，吾固已論之矣，學者可以察焉。

詩本義卷第十五

詩解統序

五經之書，世人號爲難通者，《易》與《春秋》。夫豈然乎？經，皆聖人之言，固無難易，繫人之所得有深淺耳。今考於《詩》，其難亦不讓二經，然世人反不難而易之，用是通者亦罕。使其存心一，則人人皆能明，而經無不通矣。大抵謂《詩》爲不足通者有三，曰章句之書也，曰淫褻之辭也，曰猥細之記也。若然，孔子爲泛儒矣。非唯今人易而不習之，考于先儒，亦無幾人。是果不足通歟？唐韓文公最爲知道之篤者，然亦不過議其《序》之是否，豈足明聖人本意乎？《易》、《書》、《禮》、《樂》、《春秋》，道所存也，《詩》關此五者，而明聖人之用焉，迹其道不知其用之與奪，猶不辨其物之曲直，而欲制其方圓，是果於其成乎？故二《南》牽於聖賢，《國風》惑於先後，《豳》居變風之末，惑者溺於私見，而謂之兼上下，二《雅》混於小大而不明，三《頌》昧於商、魯而無辨，此一經大概之體，皆所未正者，先儒既無所取捨，後人因不得其詳，由是難易之説興焉。毛、鄭二學，其説熾辭辨，固已廣博，然不合于經者，亦不爲少，或失於疎略，或失於謬妄。蓋《詩》載《關雎》，上兼商世，下及武、成、平、桓之間，君臣得失，風俗善惡之事，濶廣邃邈，有不失者鮮矣，是亦可疑也。予欲志鄭學之妄，益毛氏疏略而不至者，合之於經，故先明其統要十篇，庶不爲之蕪泥云爾。

二南爲正風解

天子、諸侯當大治之世，不得有風。風之生，天下無王矣，故曰諸侯無正風。然則《周》、《召》可爲正乎？曰，可與不可，非聖人不能斷其疑。當文王與紂之時，可疑也。二《南》之詩，正變之間，可疑也。可疑之際，天下雖惡紂而主文王，然文王不得全有天下，而亦曰服事於紂焉。則二《南》之詩，作於事紂之時，號令征伐不止於受命之後爾，豈所謂周室衰而《關雎》始作乎？史氏之失也。推而别之，二十五篇之詩，在商不得爲正，在周不得爲變焉。上無明天子，號令由己出，其可謂之正乎？二《南》起王業，文王正天下，其可謂之變乎？此不得不疑而輕其與奪也。學《詩》者多推於周，而不辨於商，故正變不分焉。以治亂本之二《南》之詩，在商爲變，而在周爲正乎？或曰，未諭。曰，推治亂而迹之，當不誣矣。

周召分聖賢解

聖人之治無異也，一也。統天下而言之，有異焉者，非聖人之治然也，由其民之所得有淺深焉。文王之化，出乎其心，施乎其民，豈異乎？然孔子以周、召爲别者，蓋上下不得兼，而民之所化有淺深爾。文王之心則一也，無異也。而説者以爲由周、召聖賢之異而分之，何哉？大抵周南之民得之者深，故因周公之治而繫之，豈謂周公能行聖人之化乎？召南之民得之者淺，故因召公之治而繫之，豈謂召公能行賢人之化乎？❶殆不然矣。或曰，不繫於雅、頌，何也？曰，謂其本諸侯之詩也。又曰，不統於變風，何也？曰，謂其周迹之始也。列於雅、頌，則終始之道混矣，雜於變風，則文王之迹殆矣，惟頌焉，不可混周迹之始，其將略而不具乎？聖人所以慮之也。由是假周、召而分焉，非因周、召聖賢之異而別其稱號爾。蓋民之得者深，故其心厚。心之感者厚，故其詩切。感之薄者，亦猶其深，故其心淺。心之淺者，故其詩略。是以有異焉，非聖人私於天下而淺深、厚薄殊矣。二《南》之作，當紂之中世，而文王之初，是文王受命之前也。世人多謂受命之前，則大姒不得有后妃之號。夫后妃之號，非詩人之言，先儒《序》之云爾。考於其詩，惑於其《序》，是以異同之論爭起，而聖人之意不明矣。

王國風解

六經之法，所以法不法，正不正。由不法與不正，然後聖人者出，而六經之書作焉。周之衰也，始之以夷、懿，終之以平、桓，平、桓而後，不復支矣。故《書》止《文侯之命》而不復録，《春秋》起周平之年而治其事，《詩》自《黍離》之什而降於風。絶於《文侯之命》，謂教令不足行也。起於周平之年，謂正朔不足加也。降於《黍離》之什，謂雅、頌不足興也。教令不行，天下無王矣。正朔不加，禮樂偏出矣。雅、頌不興，王者之迹息矣。《詩》、《書》貶其失，《春秋》憫其微，無異焉爾。然則詩處於衛後而不次於二《南》，惡其近於正而不明

❶「賢」，原誤作「聖」，據通志堂本改。

也。其體不加周姓而存王號，嫌其混於諸侯而無王也。近正則貶之不著矣，無王則絶之太遽矣。不著云者，周、召二《南》，至正之詩也。次於至正之詩，是不得貶其微弱，而無異二《南》之詩爾。若然，豈降之乎？太遽云者，《春秋》之法，書王以加正月，言王人雖微，必尊於上，周室雖弱，不絶其正，苟絶而不興，其尊周乎？故曰，王號之存，黜諸侯也。次衛之下，别正變也。桓王而後，雖欲其正風，不可得也。《詩》不降於厲、幽之年，亦猶《春秋》之作，不在惠公之世爾。《春秋》之作，傷典誥之絶也。《黍離》之降，憫雅、頌之不復也。幽、平而後，有如宣王者出，則禮樂征伐，不在諸侯，而雅、頌未可知矣。奈何推波助瀾，縱風止燎乎？

十五國次解

《國風》之號，起周終豳，皆有所次，聖人豈徒云哉？而明《詩》者，多泥於疏説而不通，或者又以爲聖人之意，不在於先後之次，是皆不足爲訓法者。大抵《國風》之次，以兩而合之，分其次以爲比，則賢善者著，而醜惡者明矣。或曰，何如其謂之「比」乎？曰，周、召，以淺深比也。衛、王，以世爵比也。鄭、齊，以族氏比也。魏、唐，以土地比也。秦、陳，以祖裔比也。檜、曹，以美惡比也。豳能終之以正，故居末焉。「淺深」云者，周得之深，故先於召。「得失」云者，衛爲紂都，而紂不能有之，周幽東遷，無異是也。加衛於先，明幽、紂之惡同，而不得近於正焉。「姓族」云者，周法尊其同姓，而異姓者爲後，鄭先於齊，其理然也。「土地」云者，魏本舜地，唐爲堯封，以舜先堯，明晉之亂，非魏褊儉之等也。「祖裔」云者，陳不能興舜，而襄公能大於秦，子孫之功，陳不如矣。穆姜卜，而遇艮之隨，乃引《文言》之辭，以爲卦説。夫穆姜始筮時，去孔子之生尚四十年爾，是《文言》先於孔子而有乎？不然，《左氏》不爲誕妄也。推此以迹其怪，則季札觀樂之次，明白可驗而不足爲疑矣。夫《黍離》已下，皆平王東遷、桓王失位之詩，是以列於《國風》，言其不足正也。借使周天子至甚無道，則周之樂工，敢以周王之詩降同諸侯乎？是皆不近人情，不可爲法者。昔孔子大聖人，其作《春秋》也，既微其辭，然猶不公傳於人，❶第口授而已。況一樂工而敢明白彰顯其君之惡哉？此又可驗孔子分定爲信也。本其事而推之，以著其妄，庶不爲無據云。

定風雅頌解

詩之息久矣，天子、諸侯莫得而自正也。古詩之作，有天下焉，有一國焉，有神明焉。觀天下而成者，人不得而私也。體一國而成者，衆不得而違也。會神明而成者，物不得而欺也。不私焉，雅著矣。不違焉，風一矣。不欺焉，頌明矣。然則風生於文王，而雅、頌雜於武王之間，風之變自夷、懿始，雅之變自厲、幽始。霸者興，變風息焉。王道廢，詩不作焉。秦漢而後，何其滅然也。王通謂諸侯不貢詩，天子不採風，樂官不達雅，國史不明變，非民之不作也。《詩》出於民之情性，情性其能無哉？職《詩》者之罪也。通之言，其幾於聖人之心矣。或問，成王、周公之際，風有變乎？曰，《豳》是矣。幸而成王悟也，不然則變而不能復乎。《豳》之去雅，一息焉，蓋周公之心也，故能終之以正。

❶ 「不」下，通志堂本有「欲」字。

十月之交解

《小雅》無厲王之詩，著其惡之甚也。而鄭氏自《十月之交》已下分其篇，以爲當刺厲王，又妄指毛公爲詁訓時移其篇第，因引前後之詩以爲據，其説有三。一曰：《節彼》，刺師尹不平，此不當譏皇父擅恣。予謂非大亂之世者，必不容二人之專，不然李斯、趙高不同生於秦也。其二曰：《正月》惡褒姒滅周。此不當疾豔妻之説，出於鄭氏，非史傳所聞，况褒姒之惡，天下萬世皆同疾而共醜者，二篇譏之，殆豈過哉？其三曰：幽王時，司徒乃鄭桓公友，此不當云「番維司徒」。予謂《史記》所載，鄭桓公在幽王八年方爲司徒爾，豈止桓公哉？是三説皆不合於經，不可按法。爲鄭氏者獨不能自信，而欲指他人之非，斯亦惑矣。今考《雨無正》已下三篇之詩，又其亂説歸向，皆無刺厲王之文，不知鄭氏之説何從而爲據也。孟子曰：「説《詩》者，不以文害辭，不以辭害意。」非如是，其能通《詩》乎？

魯頌解

或問，諸侯無正風，而魯有頌，何也？曰，非頌也，不得已而名之也。四篇之體，不免變風之例爾，何頌乎？頌惟一章，而《魯頌》章句不等。頌無「頌」字之號，而今四篇皆有。其《序》曰：「季孫行父請命于周，而史克作之。」亦未離乎彊也。頌之本，一人是之，未可作焉。訪於衆人，衆人可之，猶曰天下有非之者。又訪於天下，天下人亦曰可，然後作之無疑矣。僖公之政，國人猶未全其惠，而《春秋》之貶尚不能逃，未知其頌何從而興乎？頌之美者，不過文、武。文、武之頌，非當其存而作者也，皆追述也。僖公之德，孰與文、武？而曰有頌乎？先儒謂名生於不足，宜矣。然聖人所以列爲頌者，其説有二。貶魯之彊，一也。勸諸侯之不及，二也。請於天子，其非彊乎？特取於魯，其非勸乎？或曰，何謂勸？曰，僖公之善，不過復土宇，脩宫室，大牧養之法爾。聖人猶不敢遺之，使當時諸侯有過於僖公之善者，聖人忍絶去而不存之乎？故曰勸爾。而鄭氏謂之備三《頌》，何哉？大抵不列於風而與其爲頌者，所謂憫周之失，貶魯之彊是矣。豈鄭氏之云乎？

商頌解

古《詩》三百，❶始終於周。而仲尼兼以《商頌》，豈多記而廣録者哉？聖人之意，存一頌而有三益。大商祖之德，其益一也。予紂之不憾，其益二也。明武王、周公之心，其益三也。曷謂大商祖之德？曰，頌具矣。曷謂予紂之不憾？曰，憫廢矣。曷謂明武王、周公之心？曰，存商矣。按《周本紀》稱武王伐紂，下車而封武庚於宋，以爲商後。及武庚叛，周公又以微子繼之。是聖人之意，雖惡紂之暴，而不忘湯之德，故始終不絶其爲後焉。或曰，《商頌》之存，豈異是乎？曰，其然也，而人莫之知矣。非仲尼，武王、周公之心殆，而成湯之德微，毒紂之惡有不得其著矣。向所謂存一頌而有三益焉者，豈妄云哉。

❶「百」下，通志堂本有「篇」字。

鄭氏詩譜補亡

鄭氏《譜序》云，自共和以後，得太史年表，接於《春秋》，而次序乃明。今《詩》諸國惟衛、齊變風在共和前，後皆宣王已後。予之舊圖，起自諸國得封，而止於詩止之君，旁繫于周，以世相當，而詩列右方，依鄭所謂「循其上而省其下及旁行而考之」之說也。然有一君之世，當周數王者，則考其詩當在某王之世，隨事而列之，如《鄘・柏舟》、《衛・淇澳》皆衛武公之詩，《柏舟》之作，乃武公即位之初年，當繫宣王之世，《淇澳》美其入相，當在平王之時，則繫之平王之世。其詩不可知其早晚，其君又當數世之王，則皆列於最後，如曹共公身歷惠、襄、頃三世之王，其詩四篇，頃王之世之類是也。今既補之。鄭則第取有詩之君，而略其上下不復次之，而粗述其興滅于後，以見其終始。若周之詩，失其世次者多。今爲鄭補譜，且從其說而次之，亦可據以見其失，在予之别論，此不著焉。

周	召
文王	武王
關雎	甘棠
葛覃	何彼襛矣
卷耳	
樛木	
螽斯	
桃夭	
兔罝	
芣苢	
漢廣	
汝墳	
麟趾	
鵲巢	

采蘩		
草蟲		
采蘋		
行露		
羔羊		
殷其雷		
摽有梅		
小星		
江有汜		
野有死麕		
騶虞		

周詩世次，依毛、鄭説，則如此。考於實，則其失尤多，已具予之別論，大小論亦然。自邶、鄘已下，下有依毛、鄭之説而又失錯者，❶各隨而正之如後。

❶ 「下」，疑爲衍文。通志堂本作「或」。

邶鄘衛

夷王	頃侯	邶柏舟											
厲	釐侯												
共和	釐侯												
宣	釐侯	武公	鄘柏舟	右武公									
幽	武公												
平	武公	莊公	宣公	衛淇澳	右武公	邶緑衣	衛考槃	衛碩人	右莊公				
桓	州吁	宣公	惠公	邶燕燕	日月	終風	擊鼓	凱風	右州吁	邶雄雉	匏葉	谷風	
莊	黔牟	惠公											
釐	惠公												
惠	惠公	懿公	戴公	文公	鄘載馳	右戴公							
襄	文公	鄘蝃蝀	相鼠										

式微	旄丘	簡兮	泉水	北門	北風	静女	新臺	二子乘舟	衛氓	竹竿	伯兮	有狐	右宣公

衛	墻茨
鄘	偕老
	桑中
	鶉奔
	芄蘭
右	惠公

脩據《史記》年表及《衛世家》云，周武王封康叔於衛。康叔卒，子康伯立。卒，子孝伯立。卒，子嗣伯立。卒，子建伯立。卒，子靖伯立。卒，子貞伯立。卒，頃侯立。當夷王時，衛之變風始作，至于襄公，凡十二君，而有詩者六，次于譜。自成公已下無詩，又二十四君，至于君角，爲秦始皇帝所滅。《鄘・柏舟》、《衛・淇奧》已解於左。惠公歷桓、莊、鳌、惠四王之世，而詩皆在初年，蓋皆惠公幼時之詩也。文公歷惠、襄二王之世，而《定之方中》乃其即位二年之時，❶故繫於惠王之時。

❶「時」，疑爲「詩」字之誤。

檜鄭

夷王厲	共和	宣	幽	平	桓	莊	釐	惠
羔裘	桓公	桓公	武公	莊公	昭公	子厲	厲公	厲公
素冠			莊公	仲子	厲公	子亹	東門	文公
隰有萇楚			緇衣	叔於田	有女	子儀	蔓草	溱洧
匪風			右武公	大叔	右昭公	扶蘇	右厲公	右厲公
右檜				羔裘	褰裳	蘀兮		清人
無世				遵路	右厲公	狡童		右文公
次其				女曰		丰		
詩在				右莊公		史門之墠		
夷厲						風雨		
之際						子衿		
						揚之水		
						右昭公		

脩曰：鄭桓公以周宣王二十二年始封于鄭，立三十五年，爲犬戎所殺。子武公立，當平王時，而鄭之變風始作。至于文公，凡七君，而有詩者五，次于譜。自穆公已無詩，凡十六君，至于君乙，而爲韓哀所滅。莊公、共叔段之亂，在平王之世，則《大叔于田》已上三篇，當繫平王時。《有女同車》，昭公前立時事，《褰裳》，厲公未會諸侯已前，亦前立之事，故皆繫于桓世。

齊

懿	孝	夷	厲	共和	宣	幽	平	桓	莊
哀公		胡公		武公	武公	莊公	莊公	釐公	襄公
胡公		獻公			厲公		釐公	襄公	南山
鷄鳴		武公			文公				甫田
還					成公				盧令
著					莊公				敝笱
東方之日									載馳

東方未明									猗嗟
右 哀公									

脩據周武王封太公於齊，卒，子乙公立。卒，子癸公立。卒，子哀公立。當懿王時，齊之變風始作。凡十君，至于襄公，而有詩者二，次于譜。自桓公已下無詩，凡十六君，至于康公貸，爲田和所篡。

魏	
平　桓	
葛屨	
汾沮洳	
園有桃	
十畝之間	
伐檀	
碩鼠	

右魏無世家，❶其詩在平、桓之間。

唐						
共和	靖侯	僖侯				
宣	僖侯	獻侯	穆侯	殤侯	蟋蟀	右僖侯
幽	殤侯	文侯				
平	文❷	侯❸	小子侯	鄂侯	山有樞	揚之水
桓	鄂侯	小子侯	哀侯	晉侯		
莊	晉侯					
釐	晉侯	武公	無衣	有杕之杜		
惠	獻公	葛生	采苓			

❶「家」，疑爲「次」字之誤。

❷「文」下，通志堂本有「侯」字。

❸「侯」上，通志堂本有「昭」字。

			椒聊				
			綢繆				
			杕杜				
			羔裘				
			鴇羽				
			右昭侯				

　　脩據周成王封弟叔虞于唐，❶卒，子燮立，改爲晉侯。卒，子武侯立。卒，子成侯立。卒，子厲侯立。卒，子靖侯立。卒，子僖侯立。當宣王時，唐之變風始作，凡十三君，至于獻公，有詩者四，次于譜。自惠公已下無詩，又十九君，至于靖公，爲魏、韓、趙所滅。

❶「成」，原誤作「武」，據通志堂本改。

秦							
厲	秦仲						
共和	秦仲						
宣	秦仲	莊公					
幽	莊公	襄公					
平	襄公	文公	駟驖	小戎	蒹葭	終南	右襄公
桓	文公	靈公	出公	武公			
莊	武公						
釐	武公	德公					
惠	德公	宣公	成公	穆公			
襄	穆公	康公	晨風	無衣	渭陽	權輿	右康公

脩據周孝王封非子於秦邑，爲附庸。非子卒，秦侯立。卒，子公伯立。卒，子秦仲立。當周宣王時，命爲大夫，而變風始作，凡十一君，至于康公，有詩者三，次于譜。共公已下無詩，❶又二十一君，是爲始皇帝。

❶「公」，原脱，據通志堂本補。

陳

共和	宣	幽	平	桓	莊	釐	惠	襄	頃
幽公	釐公	武公	平公		桓公	莊公	宣公	宣公	共公
釐公	武公	夷公	文公		厲公	宣公		穆公	靈公
宛丘	衡門	平公	桓公		莊公			共公	株林
東門之枌	東門之池							防有鵲巢	澤陂
右幽公	東門之楊							月出	右靈公
右釐公								右宣公	

　　脩據周武王封嬀滿於陳，是爲胡公。卒，子申公立。卒，弟相公立。卒，申公子孝公立。卒，子慎公立。卒，子幽公寧立。❶ 當周厲王時，陳之變風始作，凡十三君，至于靈公，有詩者五，次于譜。成公已下，又六君，至于湣公，而楚惠王滅陳。

❶ 「立」，原無，據前後文例補。通志堂本「寧」作「立」。

曹

惠王	襄	頃
莊公	共公	共公
僖公		候人
昭公		鳲鳩
共公		下泉
蜉蝣		
右昭公		

脩據周武王封叔振鐸于曹，卒，子太伯脾立。卒，子仲君立。卒，子宫伯立。卒，子素伯立。卒，弟幽伯立。卒，弟戴伯立。卒，子惠伯立。卒，子碩角立。卒，弟繆公立。卒，子桓公立。卒，子莊公立。卒，子釐公立。❶卒，子昭公。當周惠王時，曹之變風始作，至于共公，凡二君，有詩，次于譜。共公已下無詩，又十

❶「子」，原脱，據通志堂本補。

君，至于伯陽，宋景公滅曹。❶

豳	
成王	周公
七月	
鴟鴞❷	
伐柯	
九罭	
破斧	
東山	
狼跋	

❶ 「宋」，原誤作「采」，據通志堂本改。

❷ 「鴟鴞」，原誤作「鴟鳩」，據通志堂本改。

王

平王	桓王	莊王
黍離	兔爰	丘中有麻
君子于役	采葛	
君子陽陽	大車	
揚之水		
中谷有蓷		
葛藟		

二雅

文	武	成康昭穆共懿孝夷	厲	宣	幽
四牡	南陔	常棣	十月之交	六月	節南山
皇皇者華	白華	南有嘉魚	雨無正	采芑	正月
伐木	華黍	南山有臺	小旻	車攻	小弁

天保		由庚	小宛	吉日	巧言
采薇		崇丘	民勞	鴻鴈	何人斯
出車		由儀	板	庭燎	巷伯
杕杜		蓼蕭	蕩	沔水	谷風
棫樸		湛露	抑	鶴鳴	蓼莪
旱麓		彤弓	桑柔	祈父	大東
靈臺		菁菁者莪		白駒	四月
緜		文王		黃鳥	北山
思齊		大明		我行其野	無將大車
		下武		斯干	小明
		文王有聲		無羊	鼓鍾
		生民		雲漢	楚茨
		行葦		崧高	信南山

甫田	烝民		既醉		
大田	韓奕		鳧鷖		
瞻彼洛矣	江漢		假樂		
裳裳者華	常武		公劉		
桑扈			泂酌		
鴛鴦			卷阿		
頍弁					
車舝					
青蠅					
賓之初筵					
魚藻					
采菽					
角弓					

菀柳					
都人士					
采綠					
黍苗					
隰桑					
白華					
緜蠻					
瓠葉					
漸漸之石					
苕之華					
何草不黃					
瞻卬					
召旻					

詩譜補亡後序

歐陽子曰：昔者，聖人已殁，六經之道幾熄於戰國而焚於秦。自漢已來，收拾亡逸，發明遺義，而正其訛謬，得以粗備。傳於今者，豈止一人之力哉？後之學者，因迹前世之所傳，而較其得失，或有之矣。若使徒抱焚餘殘脱之經，倀倀於去聖人千百年後，不見先儒中間之説，而欲特立一家之學者，果有能哉？吾未之信也。先儒之論，苟非詳其終始而抵梧，❶質諸聖人，而悖理害經之甚，有不得已而後改易者，何以徒爲異論以相訾也？毛、鄭於《詩》，其學亦已博矣。予嘗依其箋、傳，考之於經，而證以《序》、《譜》，惜其不合者頗多。蓋《詩》述商、周，自《生民》、《玄鳥》上陳稷、契，下迄陳靈公，千五六百歲之間，旁及列國君臣世次、國地、山川、封域、圖牒，鳥獸、草木、蟲魚之名，與其風俗善惡、方言訓詁、盛衰治亂、美刺之由，無所不載，然則孰能無失於其間哉？予疑毛、鄭之失既多，然不敢輕爲改易之。意其爲説，不止於箋、傳而已，恨不得盡見二家之書，不能徧通其旨。夫不盡見其書，而欲折其是非，猶不盡人之辯，而欲斷以訟之曲直，❷其能於自

❶「梧」，通志堂本作「牾」。
❷「以」，通志堂本作「其」。

决乎？❶其能使之自服乎？世言鄭氏《詩譜》最詳，求之久矣，不可得，雖《崇文總目》祕書所藏亦無之。慶曆四年，奉使河東，至于絳州偶得焉。其文有注而不見名氏，然首尾殘缺，自周公致太平已上皆亡之。其國譜旁行，尤易爲訛舛，悉皆顛倒錯亂，不可復序。凡《詩》雅、頌兼列商、魯，其正、變之風十有四國，而其次比莫詳其義，惟封國、變風之先後不可以不知。周、召、王、豳同出於周，邶、鄘并於衛，檜、魏無世家，其可考者，陳、齊、衛、晉、曹、鄭、秦，此封國之先後也。周南、召南、邶、鄘、衛、王、鄭、齊、豳、秦、魏、唐、陳、曹，此孔子未删之前，周太師樂歌之次第也。周、召、邶、鄘、衛、王、鄭、❷魏、唐、秦、陳、檜、曹、豳，此鄭氏《詩譜》次第也。黜檜後陳，此今《詩》次比也。初，予未見鄭《譜》，嘗略考《春秋》、《史記·本紀》《世家》《年表》，而合以毛、鄭之説，爲《詩圖》十四篇。今因取以補鄭《譜》之亡者，足以見二家所説世次先後甚備，因據而求其得失，較然矣。而仍存其圖，庶幾一見予於鄭氏之學盡心焉爾。夫盡其説而不通，然得以論正，予豈好爲異論哉？凡補譜十有五，補其文字二百七，《譜序》自「周公致太平」已上，皆亡其文。予取孔穎達《正義》所載之文補足，因爲之注。自「周公」已下，即用舊注云。增損、塗乙、改正者，八百八十三，而鄭氏之《譜》復完矣。

❶「能」下，通志堂本有「果」字。
❷「鄭」下，通志堂本有「齊」字。

詩圖總序

周之詩，自文王始。成王之際，頌聲興焉。周之盛德之極，文王之詩三十七篇，其二十三篇繫之周公、召公，爲《周南》、《召南》，其八篇爲《小雅》，六篇爲《大雅》；武王之詩六篇，四篇爲《小雅》，二篇在《召南》之風；成王之詩五十三篇，其十篇爲《小雅》，十二篇爲《大雅》，三十一篇爲頌。是爲詩之正經。其後二世，昭王立，而周道微缺。又六世，厲王政益衰，變雅始作。厲王死于彘，天下無君，周公、召公行政，謂之共和，凡十四年。而厲王之下，太子宜臼遷于洛邑，號東周，周之室益微。而平王之詩貶爲風，下同列國。至於桓、莊，而詩止矣。初，成王立，周公攝政，管、蔡作亂，周公及其大夫作詩七篇，周之太史以爲，周公詩主道豳國公劉、太王之事，故繫之豳，謂國變風。而諸侯之詩無正風，其變風自懿王始作。懿王時，齊風始變。夷王時，衛風始變。次厲王時，陳風始變。厲王崩，周召共和，唐風始變。次宣王時，秦風始變。至平王時，鄭風始變。惠王時，曹風始變。陳最後，至頃王時，猶有靈公之詩。於是止矣。蓋自文至頃，凡二十世，王澤竭而詩不作。今鄭之次比，考於舊史，先後不同。周、召、王、豳皆出於周，邶、鄘合於衛，檜、魏世家絶。其可考者，七國而已。陳、齊、衛、晉、曹、鄭、魏，此變風之先後也。周、召、邶、鄘、衛、王、鄭、齊、豳、秦、魏、唐、陳、檜、曹，此孔子未删《詩》之前，季札所聽周樂次第也。周、召、邶、鄘、衛、王、鄭、齊、魏、唐、秦、陳、檜、曹、豳，此今《詩》之次第也。考其得封之先後、爲國之大小與其詩作之時，皆有其次，説者莫能究焉。其外魯之頌四篇，商頌五篇，鄭康成以爲魯得用天子之禮樂，故有頌，而商頌至孔子之時，存者五篇，而夏頌已亡，故録魯詩以備三頌，著爲後王之法。監三代之成功，法莫大於夏矣。康成所作《詩譜》圖，自共和而後，始得《春秋》次序。今其圖亡，今略準鄭遺説，而依其次第推之，以見前儒之得失。今既依鄭爲圖，故風雅變正與其《序》所不言，而説者推定世次，皆且從鄭之意，其所失者，可指而見焉。司馬遷謂古詩三千餘篇，孔子删之，存者三百。鄭學之徒皆以遷説之謬，言古詩雖多，不容十分去九。以予考之，遷説然也。何以知之？今書傳所載逸詩，何可數焉？以圖推之，有更十君而取其一篇者，又有二十餘君而取其一篇，猶是言之，何啻乎三千？詩三百一十一篇，亡者六篇，存者三百五篇云。

跋

右書晁《志》十五卷，與是本同。《解題》、《通考》暨《四庫》均十六卷，則併圖譜而言也。歐陽永叔不信符命之説，嘗斥《周易》河圖、洛書爲妖妄。是書於《生民》、《思文》、《臣工》諸詩，復力詆高禖祈子、后稷天生及白魚躍舟、火流爲烏，以穀俱來之怪説。誠古人之先知先覺者。且其説經，於先儒義訓，有不可通者，均付闕疑，絶不爲穿鑿附會之説。是真能脚踏實地，示人爲學之道者也。此爲宋刻本，鈔配六卷，其原刻各卷，遇玄、敬、警、驚、檠、殷、慇、楨、讓、樹、桓、完、覯、慎諸字，均以避諱闕筆，當刊於南宋孝宗之世。通志堂刊本即從此出，然校勘未精，字句不免訛誤，篇次亦偶見傎倒。宋刻爲世間孤本，故亟印行，以餉世之治新經學者。原有開禧三年張瓘跋，此已佚，俟訪得續補。海鹽張元濟。

《儒藏》精華編選刊
即出書目（二〇二三）

白虎通德論
誠齋集
春秋本義
春秋集傳大全
春秋左氏傳賈服注輯述
春秋左氏傳舊注疏證
春秋左傳讀
道南源委
桴亭先生文集
復初齋文集
廣雅疏證

龜山先生語録
郭店楚墓竹簡十二種校釋
國語正義
涇野先生文集
康齋先生文集
孔子家語　曾子注釋
禮書通故
論語全解
毛詩後箋
毛詩稽古編
孟子正義
孟子注疏
閩中理學淵源考
木鐘集
群經平議

三魚堂文集　外集
上海博物館藏楚竹書十九種校釋
尚書集注音疏
詩本義
詩經世本古義
詩毛氏傳疏
詩三家義集疏
書疑　東坡書傳　尚書表注
書傳大全
四書集編
四書蒙引
四書纂疏
宋名臣言行録
孫明復先生小集　春秋尊王發微
文定集

五峰集　胡子知言
小學集註
孝經注解　温公易説　司馬氏書儀　家範
墅經室集
伊川擊壤集
儀禮圖
儀禮章句
易漢學
游定夫先生集
御選明臣奏議
周易口義　洪範口義
周易姚氏學